書道教師はクールな御曹司に
甘く手ほどきされました

序章　桜月に希《こいねが》うはあなたのこと

二十畳ほどの和室。庭と部屋を隔てる障子は開け放たれている。

紫紺《しこん》の空には、白金の月。

月光が照らす先には、凛《りん》と立つ桜。寄り添う男女は、月と桜を愛《め》でているように思える。

「あ……ん」

あえかな声が漏れ出る。

彼があぐらをかいた脚の間に、すっぽり収っている彼女は生まれたままの姿。反対に男は服をしっかり着たままだ。

インモラルと淫靡《いんび》、二つの要素が相まって、女は情欲を高めていた。

普段より素直に快楽に堕《お》ちている彼女を、男は冷静に観察していた。……といっても、男が興奮していないわけではない。その証拠に、硬いモノが先ほどから女のヒップに当たって存在を主張している。女のうなじをくすぐる彼の息も熱い。

男が自分に欲情してくれているのがわかるのも、彼女が快楽に集中できている理由の一つ。

通常ならば永久凍土《とうど》のように凍っている体も、怯《おび》えという鎧《よろい》で覆われている心も、今晩は柔らかい。……もしかしたら彼を受け入れられるのではないか、と彼女が期待するほどに。

けれど、男は彼女の快楽に専念していた。

乳房を下から捧げ持ち、二つの尖《とが》りを指で丹念に可愛がっている。女の、桜に向かって拡げられた脚のあいまからはとろみのある汁が垂れて、男の服を濡らしていた。

彼がちゅ、と女の耳殻《じかく》に唇を寄せると、彼女は身を震わせた。

「気持ちいいか？」

欲を滲《にじ》ませた声が、女の耳に忍び込む。

男が自分に欲情してくれている。そのことが嬉しい。

「うん……」

「なりたい自分はなんだ？」

男が女の耳を食《は》んで、耳孔《じこう》にぺろりと舌を差し入れる。低く艶《つや》のある声音と、濡れた感触に、彼女の背骨から腰までぞくりとしたものが走る。身じろぎすると秘処から蜜がまたこぼれ落ちた。

「仁那《にな》？」

松代《まつしろ》に催促されて、甘いもやで覆われた頭で考える。すると、はっきりとした答えが浮かんだ。

――決まってる。あなたを受け入れられること。

『わたしを抱いてほしい』と、今は言えない。けれどもう少ししたら言えるかもしれない。

そしてもう一つの望み『わたしを愛してほしい』については。

「言えない……」

女の眦《まなじり》から涙が落ちる。男は月に反射して輝く、その二筋を見てそっと呟いた。

「俺が手ほどきしてやる」

第一章　予約はまさか初恋の人？

「仁翔《にしょう》せんせぇー、さよーならー」

「はぁい、気をつけて帰ってねー」

日曜日の夕方。

袋田《ふくろだ》仁那は、教室である祖母宅から、最後まで残っていた生徒を送り出した後、伸びをした。

「お疲れ様、わたし！　明日からお休みですよー」

大学を出て八年、書道教師一筋。

仕事人間の自覚はあるが、やっぱり休前日はワクワクする。

……といっても。休みだからとなにか予定があるわけではない。

朝寝をたっぷりと楽しんだ後、ぐうたらしつつ家業の店番を手伝ったり。

祖母宅に出勤して、仕事の準備時間にあてたり。

恋人がいない彼女の休日は、大体そんな感じだ。

彼女は台所に向かうと、仕事の後の楽しみであるコーヒーを淹れた。

ノートパソコンを立ち上げ、ひとしきりネットサーフィンを堪能すると、最後に自身の教室のホームページを確認する。とはいえ、ガツガツ仕事する気はない。仁那のポリシーは、『コツコツ地道に、でも楽しく』である。

だが。

「え、嘘……！」

ホームページの問い合わせフォームから申し込みが届いている。その内容を読み進め、仁那はつい叫んでいた。

じっくり見直し、さらにはプリントアウトしてもう一度読んだ。

『拝啓　高坂《こうさか》流書道教室　仁翔先生』

――仁那は師匠であり祖母である高坂翔乃《しょうの》から、この書道教室を受け継いだ。

雅号は師匠の名から一字もらい、「仁翔」という――

『突然の連絡、失礼いたします。

貴教室の見学を希望いたします。希望日は、三月二十日十四時です。

ホームページを拝見したので教室はお休みと承知しておりますが、喫緊《きっきん》の事情があります。

まことに勝手ながら、ご助力願えませんでしょうか。

些少《さしょう》ながら、休日の賠償はさせていただきます。　敬具　松代武臣《たけおみ》』

仁那はしばし、ぼうっとしてしまう。

どれくらい経ったろうか、ようやく頭が動き出した。

「ま、まさか。和登《かずと》の親友のシロさん……？」

表示されている名前は、双子の兄、和登の親友で、仁那の初恋の男性と同姓同名だった。

……が、彼女は松代に会ったことはない。

写真も、とりわけ高校時代のものは兄が厳重に保管していて、見たことすらない。

なのに、恋をした。

「シロさん……」

仁那は出力した用紙を無意識に撫でながら、彼を知ったきっかけを思い出す。

兄の和登と松代は、高校一年のときに同じクラスになってからのつき合いだという。……ちなみに仁那は偏差値が足りず、和登と違う学校に通いたかったこともあり、自宅から近い女子高に通っていた。

『シロが学年で首席になったんだ。すげえよな！　さすが、俺の親友』

『シロがクラブで一年からレギュラーに選ばれた。数年ぶりだってよ！』

和登から、松代のことを聞かない日はなく。……いつしか松代にほんわりとした想いを抱くようになった。

仁那はさりげなく彼についての情報を収集しようとしたが、和登は人の感情に聡《さと》い。

妹が大切な親友を狙っていると思ったのだろう、じろりと睨まれた。以来、曖昧なことは教えてくれても、踏み込んだ個人情報については頑として教えてくれない。

他校の生徒が潜入できるチャンスの文化祭ですら、来るなと厳命されていた。

ある日、仁那はまだ見ぬ相手へのふくれ上がった感情を持て余して、ストレートに『シロさん、彼女はいるの？』と訊いてみた。

いつもなら仁那の質問を警戒する和登であったが、そのときばかりは気の毒そうな顔で『あいつ、彼女ができた』と教えてくれた。

仁那の中で、なにかがパチンと弾けたような気がした。

兄は呆然としていた自分の頭を撫でて、なにごとか謝ってくれていたようだった。

「……和登はなにも悪くないんだけどね。写真も見たことのない相手にのぼせるなんて、我ながら幼《わか》かったなー……」

だからと言って、初恋を否定するつもりはない。

仁那は旧友に再会したような懐かしい感覚で、もう一度予約フォーマットの内容を読み直した。

「三月二十日十四時……」

うっとりと仁那の目がカレンダーを彷徨《さまよ》ううち、ギョッとした表情になり、次いで眦《まなじり》も裂けよとばかりに目が開かれた。見学希望日は、なんと明日である。

「ど、どうしよう！」

パニックになりつつ、仁那は首をかしげた。

「……なんでシロさんが書道を習うの。しかも、『仁翔』に？」

現在、高坂流書道教室は一見さんお断り。

生徒の父兄の紹介かつ、兄の厳正な審査を通過しなければならない。

「テレビのほうなら、わからなくもないけど……」

仁那はTVバラエティ番組『教えて、先生！』で『カリスマ美人書道教師・紫藤瑞葉《しどうみずは》（ただし、どS）』というキャラクターとしても、書道を教えている。

もっとも、紫藤への申し込みはデート目的の男性ばかりなので、番組外でも教えてほしいと言われても受けつけていない。

仁那はうーんと腕を組んで唸《うな》った。

松代が書を習いたいなら、和登はもちろん知っているだろう。だったら兄から連絡がありそうなものだが。……そこまで考えて、仁那は「あ」と声を出した。

「確かシロさん、大学から海外に行ってるって……。それから今まで、ずうっと海外で仕事してるって、何年か前に和登が言ってたっけ」

そして、帰国するとは聞いてない。

だとしたら今回の見学を申し込んできたのは、まったくの別人だろう。

「神様、わたしの期待を返してぇ……」

などと呻《うめ》きながら、しばらくテーブルに突っ伏してしまうくらいにはがっかりする。

……どれくらい落ち込んでいただろうか。

はああ。仁那はため息をつくと、もそもそと上半身を起こす。

「世界は広いんだもの。そっくりさんだけじゃなくて、同姓同名だって三人はいるよね。『あなたはわたしの初恋の人ではないので、お断りします』なんて、言えるわけがないよ……」

申込者にも書にも、失礼すぎる。だが、興味を失うには魅力的な名前すぎた。

念のため、機会があったら『松代武臣』なる人物に『あなたは和登の親友か』と訊いてみよう。

……質問するためには、件《くだん》の人物に会う必要がある。

「まずは、松代（別人）さんに返信しよっかな」

仁那はいそいそとメールソフトを起動した。

『見学ご希望日が送信日時から七十二時間以内の場合、近々のため、返事が間に合わない可能性がある』旨をホームページの注意書きに記載してあるにもかかわらず、だ。

緊張から、何度も削除と訂正を繰り返し、ようやく送信できたのは、返信しようと決心してから一時間後だった。

「よし、送った。松代さん、すぐに気づいてくれるかなぁ。待たせちゃったよね。もしかしたら、もう別のところに決めちゃったかな？」

送った途端、悶々《もんもん》としてしまう。お断りメールが返ってきたら、大ショックである。

しかし杞憂《きゆう》だったようだ。

『無理を聞いていただき、ありがとうございました。明日はよろしくお願いいたします』

五分後にそんなメッセージが届いて、ほぅっと安堵《あんど》の息を吐き出した。

けれど彼女は返事が来ただけでは、満足しなかった。

「掃除しなくちゃ！」

しかしその前に、同居している家族へ電話をかけた。と、いうよりはただ一人、過保護な兄へ言い訳である。

「あ、お父さん？　あのねっ、おばあちゃんち大掃除しなきゃいけないの！　だから泊まるねって、和登に言っておいて！　……え、いないの？　よかったぁ。じゃね！」

仁那は掃除道具を取り出し、呟く。

「門の周り、玄関から教室に至るまでと、トイレを綺麗にしておけばいいよね？」

実際のところ、清掃は毎日している。

しかし仁那は授業に関係ない台所や、祖母宅で泊まるときの部屋まで磨《みが》きはじめる始末。

さらには猛烈に身なりが気になり出した。

「スキンケアは局の人がうるさいから頑張ってるけど。化粧品も持ってきてて、助かったぁ」

……一見の客を迎えるにあたって、普段の彼女ならば、『松代なる人物は、わたしとこの教室が、己が習う場として相応しいか否かを判断するために、見学するだけである。決して袋田仁那という女を見に来るわけではない。むしろ、わたしのことなんかスルーしてほしい』くらいのスタンスでいるはずなのだが。

仁那は、両親から淡白で大人しいパーツを受け継ぎ、とても地味な顔だ。おまけに普段の彼女は、ほぼすっぴんである。

小学生の生徒相手に着飾るつもりはないし、大人の生徒の前で美しくあろうとする気持ちはさらにない。にも、かかわらず。

「髪の毛どうしようかな。なにか使えるおしゃれな紐あったっけ？　……あ、額縁を壁にひっかける奴！　あれがいいんじゃない？」

毎月、一番早く提出してきた生徒のベストな作品（自己申告制）をパネルに入れて飾ってあげるのだ。額装すると、迷作が名作になる。そのための房つきの組紐が朱、紺、濃緑、紫と各種揃っている。

仁那は洗面所に駆け込むと鏡の前で髪に組紐をあてた。体を右に左に傾けて、紐の映え具合を確認してみる。

「緩く編んで前に垂らすとか？　……は！　書道教師の本分から逸脱した装いをしちゃだめでしょ」

万が一、松代の前で墨たっぷりの硯《すずり》の中に、髪が浸かったら。

仁那は想像してぞっとした。……気を取り直し、普段通り後ろで束ねるだけにする。

ようやく落ち着くかと思いきや、彼女は粗相なく初恋の人（と同姓同名なだけ）を迎えようと気張るあまり、思考がさらに暴走しはじめた。

「どうしよう、下着は今日着けてるのしかない……洗濯して乾燥機にかければ大丈夫かな」

生徒が墨だらけになるので、洗濯機とお風呂はいつでもスタンバイＯＫだ。

服やタオルからふんわり薫《かお》るラベンダーの匂いを、松代は気に入ってくれるだろうか。

……そこまで考えて、さすがに妄想を暴走させすぎたと反省する。

「シロさん（と同姓同名なだけ）がメールを寄越したのは、見学の申し込みであって、デートじゃないから！」

パチンと両頬を引っぱたいた。

が、おたふくみたいになってしまっては大変だと、慌てて叩いた頬を撫でる。

……そのせいでかえって赤くなったが、仁那は気づかない。

「待って？　もしかしたら、わたし」

自分が着用しているのが、墨だらけでヨレヨレな作務衣《さむえ》であることに気がついた。

「シロさん（別人）の前で油断した格好なんて許されないんだから！」

勢いよく脱ぎ捨てた。

だが、まだ掃除が終わってないことを思い出して、慌ててもう一度着直す。

……風呂掃除をしながらシャワーを浴びて洗濯機を回している間、必死に肌や髪のケアをしてから、ネイルを塗って乾かす。彼女が寝ついたのは朝六時過ぎだった。

＊＊＊　松代サイド　＊＊＊

仁那が大奮闘を始める二時間前。

空港に降り立った松代は、迎えに来てくれた親友の和登と落ち合った。

「シロ！」

「クロ！」

久しぶりに再会した彼らはがしっ！　と腕をぶつけ合う。

二人は高校時代、名字から『白王子』『黒王子』と呼ばれて人気を二分していた。毎日、スカウトマンからの名刺と近隣の女生徒からのプレゼントで、彼らの鞄は満杯になった。

……それから十二年。

三十歳の彼らは、新緑の若芽のような初々しさを手放した代わりに、自信と色気をまとっていた。

シルバーグレーのスリーピースにワイシャツの襟元を緩めた松代と、頭の先から爪先まで真っ黒な和登。はからずも白銀と黒の対比となった二人の姿は、まるで一幅《いっぷく》の絵のようだ。

「相変わらずイケメンだな、クロ。ガン見されてるぞ」

「お前こそ隠し撮りされてたぞ、シロ。気をつけろよ？」

談笑しながら歩いていく二人に見惚れて、通行人に衝突する女性が後をたたない。

……数十分後。

二人は和登が予約していた、空港近くのホテルに入っている創作料理の店に落ち着いた。

次々と美味しそうな料理がテーブルに並べられる。松代と和登は旧交を温めるべく盃《さかずき》を交わした。

「創業なん百年だかの菓匠《かしょう》『まつしろ』の次期当主と、俺達の腐れ縁に乾杯！」

「三百年だよ、書道具屋の五代目若旦那！　……俺達の変わらぬ友情に乾杯」

笑みを浮かべつつも松代は元気がない。その理由を和登は知っている。

三人兄姉弟の末っ子である松代は伝統の重みを嫌い、家業を継ぐつもりはなかった。

しかし、社長になるはずの姉が取引先の小豆《あずき》農家へ嫁ぐと言い出し、おまけに夫（予定）にくびったけで遠距離結婚を断固拒否。

味を継いでくれる長兄は根っからの職人気質で、やはり社長になるのを嫌がっている。

自分が家業を継ぐしかないのだと思い定めた松代に、大問題が発生した。

それが、当主であるための条件の一つ。

『商品名は毎年正月に当主の筆で小売店に通達しなければならない』というもの。

おまけに署名は花押《かおう》。

「シロ、お前。見た目と中身なら、最高のＣＥＯになれるのにな」

和登が心底同情する。

松代は容姿端麗、頭脳明晰《めいせき》なうえに運動神経も抜群。和登によれば、腹黒と激情を、洞察力と温厚さで覆い隠しており、義理堅い。

「ああ。俺もそう思う」

松代がうつむく。

社交もそつなくこなし、女性からは夜の豹《ひょう》、男性からはハンターと評される男。

彼には自信があったし、運やコネに金もある。

「なんで、よりによって唯一苦手なことを求められるんだろうなー……」

親友の言葉に、松代は頭を抱えたくなった。自分に唯一ないもの。それが字の美しさである。

「子供の頃は逃げ回っていればよかったんだがな……」

自分でも読めないほどの悪筆は、努力と周囲の人々のおかげでなんとか避けられた。

だが、家を継ぐことを決意した松代には、立ち向かうしか選択の余地がなかった。

……とは言うものの。

一人で解決できる自信などないから、思い余って親友に相談した。

「それで、和登。頼んでた書道教室の件、どうなった？　個人授業でも構わない。例えば、TVでよく見る紫藤――」

松代は最後まで言い終えられなかった。

「だめっ、アイツは却下！」

フーッと猫が毛を逆立てるような和登の剣幕に、松代は面食らった。

友の顔をしばらく眺めているうちに、やがてハハンと思いつく。

親友の生暖かい目に気づいたのか、和登が微妙な笑みを貼りつけた。

「紫藤よりさ、俺の妹はどうよ。小学生相手に書道教室やってるんだが、評判いいんだ」

「いや、いい」

松代があっさり断ると、和登は慌てふためいた。

「ヲイ！」

「書道具屋のクロなら、いい伝手《つて》があると思っただけだ。面倒かけたな、ネットで探す」

そう言うや否や、タブレットを取り出す。

元々、気になっていたところはブックマークしていた。申し込みフォーマットに記入し、送信する前に松代は再度、吟味《ぎんみ》する。

何度も確認したうえで、とある教室へ見学予約を申し込んだ。

一時間ほど経過した頃、松代の携帯電話が振動した。和登に断って画面を確認する。

「よし。早速、明日の見学をOKしてもらった」

満足そうな松代に、和登が呻《うめ》く。

「あああ。せっかくシロが時任《ときとう》と別れたって聞いたから、今度こそ妹をお前に紹介しようと思ってたのに！　……まァ、なるようにしかならないか」

ぶつぶつ言っている親友を尻目に、松代は盃《さかずき》を呷《あお》った。

＊＊＊

翌日。

初恋の男性と同姓同名の『松代武臣』なる人物が見学に訪れる時間の、十分前。

そわそわ、そわそわ。

仁那は祖母宅の台所で、落ち着きをなくしていた。

立ったり座ったり。玄関まで行っては人影がないか、扉越しに目を凝《こ》らしてしまったり。

おかげで、玄関チャイムを鳴らす前の宅配業者を三度ほど驚かせた。

……荷物を受け取った後。玄関の花瓶をずらしては、また同じ位置に戻す。

そうこうしていると、時間ぴったりに玄関チャイムが鳴った。

残響が消えぬ前にインターフォンに駆け寄り、食い気味に「ひゃいっ」と返事をする。

『見学の予約をさせていただきました、松代と申します』

機械を通した声だったが、十分に男性的かつ美しい声だった。

丁寧な言葉遣いではあったが、自信がみなぎる声、あるいは命令を下すのが当然といった響き。

企業トップや代議士を生徒に持つ仁那に、相手がエグゼクティブであることを感じさせる。

仁那が玄関の戸を開けると……『シロさん』がこんな男性だったらいいな、と思い描いていたままの人物が立っていた。

大きい。

兄ほどではないが、この男もたっぷり百八十センチメートルはあるだろう。

しかししなやかで、鈍重さは欠片《かけら》もない。男らしくも秀麗な顔立ち。

なにより、エリート然とした佇《たたず》まいに、仁那は圧倒された。

時間が止まる。

彼女の全身全霊が、男の一挙手一投足を気にしはじめる。

確実に脳の動きは低下しており、呼吸を忘れていた。

「仁翔先生ですか」

「あ、はい」

しかし、彼女のそんな態度を松代は、美形と見れば騒ぐ、軽い女性と思ったのかもしれない。す……と、目が冷酷になる。

彼が仁那からさりげなく視線を外したことにより、自分が松代という人物の最初の関門から締め出されたことを知った。しん、と体が冷える。

――そうだろうな。わたし、男受けしないし。

男の値踏みの視線に憤りを感じることもなく、彼女は内心思う。

おまけに今の自分が着ているのは、墨が飛んでも目立たないように、墨染の作務衣《さむえ》である。

この格好と、純和風な家屋や彼女の雰囲気から『寺の別院と尼僧《にそう》』と、周りにはかなりの確率で勘違いされる。

普段なら、自分に関心を持たなかった男にほっと胸を撫で下ろすところだ。

地味ないでたちは、彼女にとって鎧《よろい》なのだから。

しかし今日はどうしてだか、もっと華やかな格好をしていればよかったと後悔してしまう。

……しっかりしろ、わたし。

二度と男の目を気にして右往左往しないと決めたのだ、いまさら落ち込む必要なんてない。自分を励ますそばから、胸がしくしくと痛む。

だが、その時間はほんのわずかだったらしい。

「初めまして、松代武臣と申します」

ビジネスライクに名刺を差し出され、はっと我に返った。

仕事ができないと思われては、まともに相手をしてもらえなくなる。

仁那は企業向けの仕事も受けているので、男性の門戸の狭さをよく知っていた。

「こちらこそ、初めまして。高坂流書道教室師範、仁翔と申します」

なんとか口ごもったりせず、松代の目を見て挨拶できた。

必要以上に踏み込まないのはマナーだ……と思いつつ、渡された名刺をまじまじと見る。

松代武臣。

仁那にとって、世界で一番カッコいい名前である。惚れ惚れしてしまう。

「……なにか？」

松代の名刺には会社名も肩書もない。名前と連絡先のみの、そっけないもの。

男のいぶかしげな口調に、自分が彼をチェックしていたのを悟られたらしいと気づき、仁那は慌てて取り繕《つくろ》う。

「あ、いえ。失礼しました」

彼女は笑みを貼りつけると、名刺をしまった。

「奥の座敷が教室となっています、こちらへどうぞ」

松代を家の奥へと誘導しながらも、仁那の背中は、数歩後ろを歩く男の気配を感じようとして敏感になっている。ふと。

『行動するときは人の目を意識して。すると、またたく間に美しくなるよ』

そんな、番組のプロデューサーの言葉を思い出す。

垢《あか》抜けなかったタレントがしばらくすると、芋虫が蝶に変態するように綺麗になっていく現象について、そう教えてくれた。

当時の仁那にはわからなかったが、今ようやく理解した。

——わたしは猛烈に彼の視線を意識しまくっている。……残念なことに、緊張しすぎて、右手と右足が一緒に出ていたが。

息をするのもはばかられて、というより今までどうやって呼吸をしていたのかもわからない。意識しすぎるあまり走り出そうかと考えたとき、『廊下は走るな』との張り紙が目についた。

誰だ、こんな標語を廊下の壁に貼ったのはっ！　わたしだ！

セルフツッコミをしながら、仁那はギクシャク歩く。

ようやく目的地に着いたときには、八時間くらいぶっ通しで労働したような気分だった。

思いきり深呼吸しようと口を開けた瞬間、後ろで息を呑んだ気配がある。

「……これは、……見事ですね」

遅れて松代の感嘆の声が聞こえてきた。

亡き祖母自慢の桜達である。

七分咲きくらいの山桜の古木を中心に、まだ蕾のソメイヨシノや八重桜が美しく枝を拡げている。

中でも山桜は、道行く人が塀《へい》越しに写真や動画を撮るほど、近所では有名な樹だった。

青空を背に、薄く色づいた花びらが舞い落ちる。

木全体が花嫁のヴェールのようにかすみ、風に吹かれてはそよぐ。

花びら一枚一枚に太陽の光が当たって、ここぞとばかりに命を燃やしているように見えた。

「祖母が……先代の師範が、教室を開くにあたり『綺麗なものを見て心が洗われれば、書に入りやすいだろう』と、この部屋を使うことにしたそうです」

説明する声が、つい弾む。

教室は墨を混ぜ込んだ漆喰《しっくい》の壁と枯草《かれくさ》色の琉球《りゅうきゅう》畳が敷かれただけの、二十畳ほどの部屋だ。

庭に目がいくように、あえて室内はシンプルにしている。静謐《せいひつ》さと落ち着きがありながら、開放感もある。

松代が桜から目を離さないまま、呟く。

「迷い込んだ深山の中で桜を独り占めしているような錯覚を抱きますね」

「そう！　そうなんです」

「茶を点《た》てたり、和楽器をメインにした演奏会にもいいですね」

松代の言葉が仁那は意外だった。

服装のセンスがいいから、彼は美意識が高いんだろうなとは思った。しかし彫りの深い容貌から、趣味はと訊かれたら洋風な音楽やスポーツを並べそうだと想像していた。

彼の着眼点が、自分の考えていることと同じだったのが嬉しい。

祖母宅のよさを知ってもらうためにゆくゆくはミニ演奏会などを催《もよお》したいと思っていた仁那は、一気にこの人物に好感を抱いた。

彼女はニコッと笑う。

「手前味噌になりますが、催《もよお》し物映えする場所だと思っています」

そんな仁那を見て、松代がふ……と微笑んだ。

お互いに緊張がほぐれたところで、仁那はうっかり訊ねてしまう。

「あの、もしかしたら松代さん、高校は東《ひがし》第一高等学校ですか？」

そう質問した途端、松代の表情にかすかな警戒の色が浮かんだのを、彼女は見逃していた。

「……そうです」

――やっぱり、この人が『シロさん』だった。仁那は内心呟く。

舞い上がった彼女は『他人に踏み込みすぎない』という自分ルールを忘れた。

「和登から聞いてはおりませんが、松代さんは『文房四宝《ぶんぼうしほう》』から紹介されたのでしょうか？」

硯《すずり》・墨・筆・紙。音でしかない記号を、文字として世界に留めておくための道具を『文房四宝』と呼ぶ。

仁那の兄、和登が継ぐ店の屋号でもあった。

「いえ」

「では和登個人からですね！」

彼女は弾んだ声を出す。

「クロは俺の親友です」

――そうでしょうとも！

知らないなどと言われたら、仁那はがっかりしてしまっただろう。

「お噂はかねがね、和登がお世話になっています」

仁那は頭をぺこりと下げながら、ワクワクしていた。

彼は兄のことを『クロ』と呼んでいるのか。

松代の『シロ』、袋田の『クロ』。それでいけば、自分も『クロ』だ。

嬉しくなる。自分も交ぜてほしい。

仁那ははしゃいで言葉を続けた。

「……あの、松代さんのことは『シロ』と呼んでいるのだと、和登から――」

「申し訳ないが。あなたが奴の恋人でない限り、初対面の方から愛称で呼ばれたくはありません」

ぴしゃりと言われて、ようやく男に親しげな様子がまったくないことに気がつく。

仁那はびくりとして、松代を見つめた。

男も彼女をじっと睨んだまま、一言も発しない。

しまった。初対面の相手に対して距離感を間違えた。

どうしよう、謝らなければ。しかし、なんと言えばいいのだろう。

必死に考えているうちに、仁那は無意識に松代から視線を外していたらしい。

「仁翔先生」

声をかけられて、初めて自分が視線を泳がせていたことに気がつく。

慌てて彼を見ると、仁那の動きに合わせて松代が表情筋を緩めた。はっきり、ビジネス用だとわかる笑みを向けられている。……逆鱗に触れたと思ったときよりも心が冷えた。

「すみません、奴と俺だけの特別なあだ名なんです」

柔らかい、それでも拒絶の言葉。痛い空気の中、なんとか仁那も持ち直す。

「……そうなんですね、申し訳ありませんでした。あの、和登は恋人ではないんです、わたしの――」

双子の兄なんです、と言う前に、松代がさりげなく言葉を挟んでくる。

「その代わりに、あなたには『武臣』と呼んでいただきたいな」

「え？」

仁那が訊き返すと、彼は悪戯《いたずら》っ子のように目を煌《きら》めかせた。

男の豹変ぶりに仁那が戸惑っているのを、松代は気にした様子もない。

持参したブリーフケースから、出力してきたらしい用紙を取り出す。

……プライベートなことは話したくないらしい。もしかしたら、和登が松代の情報を漏洩しなかったのは、この男性の気質を汲んだのかもしれない。

で、あれば。彼に合わせようと心に決める。

彼は兄の親友である前に、自分の生徒になるかもしれない人だ。いわば、取引先である。

仁那が仕事モードになったことを察したのか、松代は用紙の必要と思われる箇所を指しながら話しはじめる。

苛烈だった反応が嘘のように穏やかだ。

「こちらの教室のホームページを確認したら、大人向けカリキュラムには、ペン習字コースや記帳コースもありましたね」

「はい」

「どれも魅力的なのですが、急ぎなので、社用で使う揮毫《きごう》だけを練習したいです」

普通に話してくれる彼に合わせ、ビジネスライクな声を出すよう、努力する。

「わかりました。練習したい題目がありましたら、持ってきてください。週に一回二時間。月四回で一万円のコースとなります」

紙のサイズが異なれば同じ文字でも、大きさの配分が違ってくる。

松代が言う通り、実際に使うサイズで早めに慣れたほうがいいだろう。

「お願いします」

松代が頭を下げる。用紙を見ながら彼はあらためて希望を述べた。

「それと、花押《かおう》を」

……彼の家は政治家なのだろうか？

他に書道や花押《かおう》が必要な職業を、仁那はすぐには思いつけない。

質問してみたいが大人には色々な事情があるし、また失敗して世界ごと閉ざすような態度をとられたくもない。我慢して、事務的な話を続ける。

「花押《かおう》については、わたしのほうでデザインのアドバイスや書き順のレクチャー、完成したデザインの登録まで可能なんですけれど……別料金になります」

「ホームページで確認してあります。承知しています」

申し訳なさそうな彼女の言葉に、松代はしっかりとうなずいた。

「花押《かおう》に用いるのは大体、名字や名前から一字です。あるいは好きな字を使えますので、授業に入る前に考えておいてください」

ほっとして、仁那は続けて説明する。

「次はお道具ですね。こちらが初心者用のセットになります」

仁那はストック棚から新品の道具セットを取り出し、正座した大人の膝がぶつからないくらいの高さの文机も設置する。

　松代は、目の前に出された道具をじっと見つめていた。

　なにか好みがあるか、と確認すると松代は首を横に振り、勢い込んで訊ねてくる。

「このセット、いくらですか？」

　仁那が値段を告げると松代は目を瞠《みは》った。

「そんなに安いんですか？」

　予想外に驚かれたので、仁那は笑ってしまう。

「これ、教材ですし」

「でも、クロの店で売ってるのはもっと高いです」

　松代は、あまりの安さに信じられないようだ。店の商品を引き合いに出されて、仁那は納得する。

「シ……松代さんは、『文房四宝』にいらしたことがあるんですね」

　なにげなく呟いたのだが、松代の目が再び剣呑《けんのん》になる。

　これも地雷らしく、仁那は戸惑った。今のは普通の対応の範疇《はんちゅう》だったと思うのだが。

「あの……？」

「魅惑的な女性から他の男の話を聞くと、ヤキモチを焼いてしまうんですよ」

「まあ」

　仁那は男の言動が儀礼的なものであるとわかっているので、曖昧な笑みを浮かべた。

　松代という男は見た目より軽い人物かもしれない。

そう心に留めながら、平静を心がけて話す。

「あの店は初心者向けというよりは、深い趣味にしたい人とか、道を極めたい人向けです。どの世界でも、ハマれば際限はないですから」

「なるほど」

今度ばかりは松代も穏やかに同意してくれた。

「申し込みフォーマットには、習いたい理由として『仕事で使うため』と記入されていましたが、実際にはどれくらいの大きさの用紙に書かれるんですか？」

彼女の問いに、松代はしばらく考えたのちに、これくらいと両手を広げてみせた。

「……聯落《れんおち》で大丈夫そうですね」

仁那は紙を置いてある棚から、一番大きな紙を四分の三サイズにカットしたものを取り出し、松代に提示した。

「そう、こんな大きさです！」

松代が目を輝かせる。

続いて仁那は、別のストック棚から、一際大きな下敷きを取り出して広げた。

「初心者用セットの下敷きは、半紙用がデフォルトなので交換できません。申し訳ないですが、全紙用の下敷きと紙代は別料金になります」

松代はうなずいた。

「セットの筆は、兼毫《けんごう》で中鋒《ちゅうほう》を選んであります」

これは中くらいのサイズの筆なので、松代が書きたいものによっては大筆を別途購入してもらう必要がある。

しかし、己の名前を書くときにも使えるので無駄にはならない。

「……ケンゴウ？　チュウホウ？」

仁那の言葉を、松代がロボットのように繰り返す。

「筆の硬さと長さです。兼毫《けんごう》は兼毛《けんもう》とも言って、色々な動物の毛をミックスしてあります。硬くもなく柔らかくもない、中くらいです。長さも中くらい、というのが中鋒《ちゅうほう》です」

松代は納得したようで、こくりとうなずいた。

その姿が初めて習う小学生達とあまりに同じなので、仁那は噴き出しそうになる。

いけない、今笑ったら松代は拗《す》ねてしまうどころか、ここで学ぶことすらやめてしまうかもしれない。

――イヤダ。

この人が自分でない誰かから書を学ぶのも、彼がいなくなってしまうのも耐えられない。……瞬時にそこまで考えてしまった自分に驚きながら、彼女はなんとか澄まし顔と口調をキープする。

「では、見学記念に墨をすってみませんか？」

仁那が言うと、松代が固まった。また、ＮＧワードでもあったのだろうか。

――シロさぁん、なんでもかんでも引っかかるのやめてくださいい、進まないんですけど！

仁那は泣き言を言いたくなった。

けれど、男が自然解凍するまで待っているわけにもいかない。

「あの……？」

遠慮がちに声をかけると、彼は逡巡《しゅんじゅん》し、ようやく意を決したように言った。

「墨汁ではないんですね？」

「わたしの教室では、墨をするところから始めます」

凛《りん》とした答えを受けて、松代は諦めの表情になる。

「……わかりました」

少しばかり力を失った声だったので、意地悪した気分になってしまう。

仁那は気弱になって、主義を変えて松代以降は墨汁ＯＫにしたほうがいいかもしれないと思いはじめた。

けれど松代が書くとき、いつも墨汁が用意されているとは限らない。

やはり、仁那のカリキュラムに早めに慣れてもらったほうがいい。

気を取り直して、松代が買うのと同じ初心者セットから筆と硯《すずり》、筆置きに水差し、固形墨を取り出す。

彼が右利きか左利きか聞いて、文机に配置した。その間、松代は仁那の手元から目を離さない。

——じっと見ないでぇぇぇ！

またしても仁那は心の中で悲鳴をあげた。

松代から注がれている視線で手に穴が開くんじゃないかと思うし、体は熱くなっている。

作務衣《さむえ》の背中に汗染みができていたらどうしよう！　と、今度は冷や汗が噴き出してくる。暗色系は濡れると意外と目立つ。今度から授業用も白いのにしようかな、と考えるが、そもそも暗色系を着ている理由を思い出し、慌てて打ち消した。

松代に指示して、墨堂《ぼくどう》に水差しから五百円玉大の水を入れてもらっているあたりから、仁那は平常心を取り戻してきた。

緊張の面持ちで固形墨を持った松代に、穏やかに声をかける。

「円を描くように。一ヶ所だけすると硯《すずり》がすり減るので、まんべんなく。墨を支える指にはあまり力を入れず、優しく」

男が彼女の指示通りに手を動かすと、みるみるうちに水が墨汁になっていく。

「……おお！　墨色になりますね」

先ほどとは打って変わって松代が興奮した声をあげた。

子供らと同じ反応に、仁那はますます落ち着いてくる。

「墨をするところ……墨堂《ぼくどう》に、こまかな凹凸《おうとつ》……鋒鋩《ほうぼう》ってものがあるんですけど。そこの具合がいいと、いい色にすれるんです。……書家はそういう状態を『墨がおりる』と言います」

「小学校のときは、こんなに楽じゃなかった」

大の男が拗《す》ねたような口ぶりだった。

こっそり見ると、ふくれっ面である。きゅううううん、と仁那の胸のあたりで音がした気がする。可愛い。よしよしと、頭を撫でたいくらいだ。

……同い年の男をつかまえて、こんな感想もどうかと思うが。

「それは」

仁那はくすりと笑ってしまう。

「硯《すずり》よりは、すり手側の問題ですね」

「……というと？」

「墨の角度は垂直よりは少し寝かせて」

ごく自然に墨を持つ彼の手に自分の手を添えてしまってから、びくりとした。

が、慌てて引き剥《は》がすのも変なので、このまま続ける。

「ええと」

仁那は話を戻しながら、声が震えていませんようにと祈る。

「海……墨池《ぼくち》とも言いますけれど、そこに水をどばっと入れませんでした？」

硯《すずり》の、一段深くなっているところを指す。

「入れました」

聞けば、自信たっぷりに返事がある。正解と信じて揺るがない、松代の表情。

おかしさをこらえて、仁那はさらに訊ねた。

「そこから水を墨で、墨堂《ぼくどう》——陸とも言うんですけど——に持ってきて、ゴリゴリとすり鉢とすりこ木のように擦《こす》りませんでした？」

「……しました」

あれ、間違ってた？　と不安げになってきた松代に、仁那はダメ押ししてみた。

「さらには、なかなか色がつかないから焦れて、海の中で墨をこねくり回したりとか」

彼女が頭の中の風景を言葉にすると、松代は見事に肩を落とした。

きりりとした大人がしょげているのが可哀想で、つい、励ましてしまう。

「みんなするんですよ。もちろん、わたしもしました」

「先生も？」

「はい」

「それを聞いて、ほっとしました」

安心した、という笑みに見惚れそうになり、仁那は息を吸って気持ちを整える。

ちらりと時計を見ると、結構時間が経っていた。申し込むか否かを確認しておしまいにしよう、と考える。

「仁翔先生。お近づきのしるしに食事でもいかがでしょうか」

唐突に、松代が人を魅了する笑みを浮かべて誘ってきた。

「え？」

彼女はすぐには反応できない。

嬉しいが、どうして自分なんかを誘うのだろう。

……多分帰国したばかりで、日本にデートする相手がいないからだ、と思いつく。

要は仁那だから誘ったのではなく、誰でもいいのだ。

ひどい、サイテー。自分でイケメンなことをわかっているチャラ男！

落胆した自分を誤魔化すよう、松代を軽蔑してみたが。……むしろ彼がそういうタイプでなければ、自分が食事に誘われることはなかったのだ、と思い直す。

人生でたった一度の時間を楽しめばいい。

「今日と明日、仁翔先生はお休みだったと確認しています」

グラリとかしいだところに畳みかけられた。

「あの」

どうしてわたしの休みを知っているんですか。それは訊いても許される？　……まさか、彼はわたしのストーカー？　いやん、嬉しい。

そう舞い上がりかけ、ホームページにばっちり載せてあるのを思い出した。ガッカリする。

「休日だったのを俺のために使ってくださってるんですよね。だったら俺がこのままあなたを借り切っても問題ありませんね？」

松代がよどみなく話し続けるので、仁那は異議を差し挟むことができない。

一歩下がれば、距離を詰められる。彼の虹彩がどんどん大きくなっていく。

松代が甘く、それでいて誠実な眼差しで仁那の瞳を覗き込んできた。

目の前の男は押しが強いが、初恋フィルターのせいで、素敵でカッコいい男性としか思えない。……我ながら、どれだけ男性に免疫がないのだろう。

しかし、美形男子は幼い頃から和登で、最近ではTVスタジオでも見慣れているではないか。

松代に意識を持っていかれないよう、仁那は必死に他のイケメンのことを考える。

……考えて、わかってしまった。タレントらは松代のようにぐいぐい踏み込んでこない。

なにによりも袋田仁那、自分自身が松代を警戒していないのが一番まずい。

なぜ男嫌いの自分が、彼だけは心の中に招き入れてしまっているのか。

疑問と同時に解答が浮かぶ。松代だからだ。

他ならぬ仁那自身が、彼を兄と同じくらい近しい男性と認識しているからだ。

わかってしまえば、あとは危機感が募《つの》るだけ。

お願いだから近づかないで。

あなたに近づかれると、わたしはパニックのあまり暴走してしまうから！

仁那が必死に願うも、じわじわと彼の双眸《そうぼう》が彼女の意識を占めていく。

だめだ、松代さんの瞳を覗き込みたくない。わたしを見る目つきに意味があるのかないのか、知りたくない……！

まぶたを閉じるとより危険な気もしたが、仁那はしっかりと目を瞑《つむ》ってしまった。

耳も塞ごうかと考えたところで、松代が気になる言葉を告げた。

「書道を習うことには、俺のこれからの人生がかかってるんです」

……まぶたを薄く開けて、松代を見る。

仁那の感情の揺れなど気にしていないようで、彼女の手を握ってきそうな熱っぽさである。

――そんな大袈裟な。

芝居がかっているなぁと思わないでもない。

「いわば、書道教室選びが俺の命運を握ってると言っていい」

彼がなにを言っているのか、仁那は理解できない。

自分が、松代の作り物のように美しい唇の動きに見入っているのがわかる。

けれど目を逸らせない。……松代が、勝利を確信しているんだろうな、とも考える。

「ビジネスでは顧客《クライアント》に請負業者《コントラクター》を見極める権利がある。仁翔先生にとって、俺がクライアントで間違いないですね？」

仁那は、男の魔力に屈しつつあった。

「はい……」

「決まり」

強引に立たせられ、肩を抱かれる。

男の手の熱さが、彼女を現実に引き戻した。

「あのっ、困ります、わたし……っ！」

「入会前ですし、賄賂《わいろ》などと思わず」

「一人の生徒さんを特別扱いできませんし、世間の目がありますので！」

本音は行きたい。

が、松代は通り過ぎる者で、仁那は留まる者だ。ご近所の方々が仁那を見る目は、好奇心半分と非難半分になるに違いない。

仁那の反論に、松代は優雅に肩を竦《すく》めた。

……他者が行えば胡乱《うろん》な目で見ること確実なのに。

悔しいが、松代だとかっこいいと絶賛してしまう自分がいる。

この人、絶対自分の魅力をわかってる！　サマになりすぎて、いっそ腹立たしい。

「オフの日に誰と出かけようが、仁翔先生の勝手だ。なのにあなたは頑《かたく》なすぎる。そうやって、今まで色々なことを諦めてきたのかな」

独り言めいているが、仁那への問いかけである。

ぎくり。彼女は体を強張らせた。

この人はいったい何者なんだろう。

会って間もないというのに、どうしてわたしのことがわかるの？

仁那の警戒心が一気にＭＡＸになる。

和登から自分のことを聞いていた？

だとしたら、共通の話題である兄についてあんなに拒絶した態度はとらないだろう。

……松代はあからさまに和登のことを語り合いたがらない。

そのくせ、仁那にはぐいぐいと攻め込んでくる。

ふと、怖いことを思いついた。

仁那が紫藤瑞葉だと知ったうえで自分に話を合わせているだけだとしたら？

ぞわぞわと鳥肌が立つ。

……以前、「仕事で使うので」との理由で、個人授業を申し込んできた成人男性がいた。平日の昼下がりで油断もあったのだろう、教室へ案内しているときにガバリと後ろから抱きつかれた。そのときはたまたま和登が祖母宅の庭仕事を手伝ってくれていたので、ことなきを得た。以来、成人男性の個人授業は行わないようにして、どうしてものときは和登に立ち会ってもらっている。

……なのに、『シロ』と同姓同名というだけで浮かれてしまい、和登に連絡もしないまま男を招き入れてしまった。

仁那は自分の馬鹿さ加減にようやく気づいた。

見ず知らずの男性と二人きりであることに恐怖心が湧いてくる。

「ねえ、仁翔先生」

いきなり耳元に唇を寄せられた。

びくん！　この男は気配を殺しすぎる。怖くて顔を見ることができない。

「あなたのなりたいものはなに？」

松代が熱く、掠《かす》れた声を出す。

「人生の勝者だろう？　……俺もそうだよ」

男の声が、仁那の耳をなぶる。耳が歓《よろこ》ぶ。

背筋にざわっとしたものが走り、脳が侵されていく。

催眠術をかけられるときはこんな感覚だろうか。

「勝者とはなにか。仕事での成功もそうだけど、俺はなにより、愛する人を手に入れることだと思っている。当然、身も心もだ」

言葉にかすかに滲《にじ》むうさんくささが、低くセクシーな響きに甘くコーティングされて、脳内に押し入ってくる。

……なぜか。この男と睦《むつ》み合っている自分を想像してしまう。

朧月夜《おぼろづきよ》の教室で。仁那は桜を愛《め》で、彼女自身は男に可愛がられている姿を。

彼女が息を呑んだのを、松代は見逃さない。

「あなたも、男を手に入れられる女性になりたいんじゃないのか？」

松代がたらたらと毒を垂れ流してくるのに、仁那は必死に抗う。

「やめてください」

幸せを諦めて閉ざした扉を、こじ開けないで。

「俺が唆《そそのか》しているんじゃない、君が欲しているんだ」

「っ、だからっ。わたし好みの声で至近距離でささやくの、やめてくださいってば！」

「仁翔先生、バカなの？　そんなことを言われたら、男が引くわけないでしょう」

松代からふ、と艶《あで》やかな笑みを向けられ、仁那の意識が飛びそうになる。

しっかりしろ。今のは冷笑で、わたしはバカにされているんだと、仁那は自分を叱る。

なのにうっとりしてしまうなんて。

いくらイケメン好きだからって、我ながらチョロすぎだ。

「色魔退散！　体に鎧《よろい》、心に剣山！」

内心で必死に唱えていたら、松代がくく……とおかしそうに肩を震わせた。口に出ていたらしい。

真っ赤になりながら仁那はなおも戦いを挑む。

「そうだ、松代さん。実はあなた、結婚詐欺師ですね？」

聞いた途端、松代はこらえきれなかったようで、ぶはと噴き出した。

自分では核心を突いたと思ったのだが、トンデモ発想だったのだろうか？

「なんでそんな発想になるのかな」

笑いすぎて涙を拭う姿が、またかっこいい。

「だって」

冴《さ》えない女が一軒家で一人で仕事していて、小金持ちとでも思われたんだろう。

「ねえ。仁翔先生って、ユニークって言われるでしょう」

男の言葉に仁那はムッとした。

「おあいにくさま、この家の所有者は母ですので！　わたしを口説いても一円も入ってきませんからっ」

……我ながら、言っていて悲しくなる。

「ハズレ。あなたを口説きたい男ではあるけれど、結婚詐欺師ではないですよ。この家の資産価値はそこそこだと思うが、俺は金には困っていない」

「……だったら。なんで松代さんはここにいるんですか」

書を習いに来たとか言うくせに、人を口説くような男の言動に仁那はすっかり困惑していた。

「たくさんの書道教師の中から、あなたを見つけた」

突然、がし、と肩を掴まれた。

松代の顔からは仮面が剥《は》がれ、必死さが溢れている。

ドキドキしている自分の鼓動を感じながら、仁那は目をしばたたかせた。

彼女が松代の出方を窺《うかが》っていると、男は辛そうに声を絞り出す。

「……俺は字が下手で、他人はもとより自分でも読めない。特殊学級も検討されたことがある」

仁那の沸騰しそうだった頭が一気に冷えた。

……挫折など知らないような男が、知り合って間もない人間に劣等感を曝《さら》け出すのは、どれだけ勇気がいることなのだろう。

仁那の心が同情に傾く。

「色々な書道教室の評判をチェックした。生徒や親からの評価を読んで、あなたに習うことを決めた。俺はこれから生涯を懸けた仕事に就くつもりでいる。だが、書道ができなければ、俺には資格が与えられない」

どんな仕事なのだろうと再び思ったが。

松代の必死な表情に、彼が『目指しているなにか』のために仁那が必要である、と思い詰めているらしいことはわかった。

——道が交わらないはずの自分達は、彼が望んだから出会えた。

ああ、もうっ！　仁那は自分が堕《お》ちたことを知った。渋々了承する。

「……………松代さんの入門を許可します」

ほっとしたらしく、男はニッと笑った。

その様はまるでスコールが去った後の晴天のようで、いささか唐突すぎる。

「もしかして、わたしのことハメました？」

じとぉ～と男を睨みつけるが、しれっとのたまう。

「人生を賭けた大博打の相棒にあなたを選んだのも本当。親交を深めるために、仁翔先生と食事をしたいのも本当」

ダメ押しとばかりに、にこっと微笑みかけられる。すると、仁那の心臓は簡単に高鳴ってしまう。

「いや、それとこれとは」

自分は書を教えることを了承しただけで！

「早い時間に送り届けますから、大丈夫ですよ」

仁那の態度が軟化したことを察知した後は、強引だった。

「ちょっと、松代さん？」

男はタブレットを取り出し、操作しはじめる。やがて、話すことにしたのか、マイク付きのイヤホンを耳に差し込んだ。

漏れ聞こえる内容から、あちこちに連絡してなにかを予約しているらしい。

仁那は手元のそれを奪おうと飛びかかったが、あっさり躱《かわ》された。

そればかりか、身動きできないよう羽交い締めにされる。

ま・つ・し・ろさん！

身振り手振り口パクで抵抗したら、彼は失礼と電話相手に断って仁那に向き直った。

「大人しくしてないと、おしおきするぞ」

男は言い捨てると、通話を再開する。

「なっ……！」

漫画の中の、俺様主人公のような台詞《せりふ》だ。

仁那がときめいている間に、男は手配を済ませたらしい。

ブリーフケースにタブレットをしまうと、松代が仁那の顔を覗き込んでくる。

「かなり強引にお願いしたので、行かないとなると相応のキャンセル料が発生するようです」

困ったような微笑みを浮かべて報告される。

そんなの勝手に、あなたが払うがいいよ！　……と、突っぱねることはできなかった。

キラースマイルに殺《ヤ》られた自覚がある。

「実は昨日帰国したばかりで、久しぶりの母国で浮かれてるんです。日本語に飢えている男に、おつき合いいただけませんか」

母性本能まで刺激してくるとは！

世間体を気にしていた天秤は、彼とのデートに傾こうとしている。

もちろん、特別な食事だと仁那が思い込みたいだけだ。実際はパワーディナーであるとわかっている。

「でも……」

「この通り」

手を合わせて拝んできた。大きな背を少しかがめて、上目遣いをしてくる。

「ずるい、あざとい、卑怯。姑息で腹黒！」

負けを自覚した仁那だが、白旗をあげるのは業腹だったので、あらんかぎりの悪口を並べ立てる。

かっこよくてイケメンで、和登の親友かもしれなくて。有能そうなサラリーマンで、得体が知れない男。

……高校生くらいの松代さんも、こんなだったのかなと、想像してみる。憧れている同級生からこんな風に甘えられたら、当時の仁那なら真っ赤になりつつも承諾しただろう。

そして、次から次に色々な顔を見せてくれる男に、今の仁那も魅入られてしまった。

……柔らかい心の裡《うち》に迎え入れてしまえば、傷つくのは自分なのに。

しかし彼女は彼を突き放せない。

彼女の悪態を完璧にスルーした松代は、わざとらしく腕時計を見た。

「十五分後にタクシーを呼びました。あと、十四分三十秒……。あ、仁翔先生、支度は三十分では足りないですか？　女性は時間かかりますからね」

支度できないだろ、という目が自分を挑発しているのはわかっている。けれど。

「大丈夫です！」

気がついたら大声で請け負っていた。

＊＊＊　松代サイド　＊＊＊

仁翔を待っている間、松代は後悔していた。

「もう恋愛はこりごりだったのに。まさか、クロのストーカー相手に色仕掛けするなんて。なにをやってるんだ、俺は……！」

彼女と相対している間、仁翔に対する敵愾《てきがい》心に燃えていたが。

頭を冷やして考えると、自分こそが仁翔から犯罪行為で訴えかねられない。

「バカだ、俺は」

忌々《いまいま》しげに呟いてぐしゃりと髪をかき乱す。しかし、いまさら降りることはできない。賽《さい》は投げられたのだ。

――松代にとって袋田和登という男は、大切にしていた元恋人の時任婉子《しなこ》よりも、さらに特別な存在だ。親友は、暗闇だった松代の人生を明るくしてくれた、いわば恩人でもある。

それなのに高校時代、松代は和登が好きだった時任を奪ってしまった。

親友と恋人が両片想い同士だなんて、告白した頃は想像もしておらず。……知った頃には松代は時任を愛しすぎていて、申し訳ないと思いつつも彼女を手放すことができなかった。

――今度は、クロを幸せにする。たとえ誰かを陥《おとしい》れても、そのために自分を不幸にしても。

その決意が変わらないまま帰国してみると、親友には気になる女性ができたようだった。

「しばらく特定の相手はいなかったみたいなのにな」

親友の意中の相手は、おそらくTVで人気の『紫藤瑞葉』というタレント書道家だ。

彼女のことを口にした途端に激変した親友の顔を思い出して、くすりと笑う。

「あいつがあんなに慌てふためくって、今までなかった」

表情を引き締める。

「よりによって、俺が選んだ教室の師範がクロのストーカーだったとは！」

狭い業界のようだから、親友と仁翔が互いに知り合いでも不思議はない。

けれど、和登の口から今まで仁翔などという女性の名前は聞いたことがない。

逆に、嬉しそうに親友のことを話す仁翔の様子から、相当和登に入れ込んでいるのが察せられた。

そのくせ、こちらをちらちらと盗み見ている。意中の男以外にも色目を使う仁翔に吐き気がした。

松代は仁翔に『親友に手を出したらただではおかない』と警告しようと思った。

だが、気が変わった。仁翔への色仕掛けを思いついたのである。

彼女は男慣れしていない。優しくしてやればすぐに自分へと乗り換えるだろう。

「あんな女を抱いて愛をささやくなんて、おぞましいが」

しかし親友のためなら、なんでもできる。松代は昏《くら》い目で呟いた。

「仁翔先生、あんたに和登はもったいないよ」

俺　ガ　忘　レ　サ　セ　テ　ヤ　ル

第二章　堕《お》ちた瞬間

松代によって無理やりディナーを共にすることが決まり、ひとまず仁那は二階で作務衣《さむえ》から私服に着替えていた。

「シロさん……いや、松代さん、か。なんだか不思議な人……」

掴みどころがないというか、笑顔は素敵なのに、目が笑っていないというか？

仁那もそれなりに人間関係で揉《も》まれてきたので、相手が敵意を持っているかどうかはわかるつもりだ。

松代はおそらく、仁那に好意は持っていない。

彼から、肌がヒリヒリするような視線を感じるときがある。

「初対面だもんね、気を許してはくれてないよね……でも松代さん。あなた、自分からわたしの教室に飛び込んできたんだからね？」

仁那がイケメンにヘロヘロなのが丸わかりだからといって、松代が横柄にしていい理由にはならない。それに師弟間でも礼節はあってもいいと思う。

「お互い、社会人なんだから。もう少し好悪の情とか、ディスってる態度をオブラートに包んでほしいな。いくら初恋の人でも、苛つくし傷つくんですけど？」

彼女は、自分が発言にまったくそぐわない表情をしていることには気づいていない。

プロデューサーにやかましく言われて日に焼けないよう気をつけている肌は、桜色に染まっている。

瞳はキラキラしていて、普段の彼女とはまったく違う。

私服に着替え終わってから気づく。

「……どうしよう、わたしの格好。松代さんと釣り合わない」

一応、仁那も定期的にTV局に赴《おもむ》くので、プロデューサーと打ち合わせしても恥ずかしくはない装いではある。

ただ昨日、祖母宅に『出勤』したときから同じ服を着ている。今日で二日目だ。

洗濯はしたが、さすがにアイロンはかけていないので、ややくたびれ感がある。

対する松代の装いは、仕立ての良さそうなジャケットにVネックのセーター、長い脚をさらに強調するようなボトム、手入れされた上質な靴。

カジュアルラインであったが高級そうに見えた。

「いや、服というよりは。なんというか、オーラの差がね……」

男性相手に変な表現であるが、彼は大輪の華。

それに引き換え自分は、道端の名もない小さな花。

……釣り合わない人と歩くときに投げられる侮蔑《ぶべつ》の視線には覚えがある。

和登と一緒に出かけると、すれ違う女性から『身のほど知らず！』と無言の圧をよくかけられた。

今日もそうなるだろう。

「やっぱり断ろうかな」

仁那は、憂鬱になった。

しかし長年憧れた人との食事なのだ。この機会を逃したら次はないだろう。

一回くらいは松代と出歩いてみたいと、腹を決めた。

仁那はぺちん、と両手で頬を叩いて気合いを入れる。

「こんなときこそ、セルフブランディングが大事！」

見た目はともかく、堂々と振る舞え。背筋をまっすぐに伸ばして、自分は優雅だと思い込む。

『人は顔を見た後、所作を見る。いくら私がブランド服を見繕《みつくろ》っても、紫藤先生自身《あなた》が気構えをしていないと、いい女だと思われない』

ＴＶ局のスタイリストに散々注意された。

仁那は優雅な立ち居振る舞いを教わってから、和登につき合ってもらって何度も練習した。

そのおかげで、兄との外出がだいぶ楽になった。

今日は間違いなく人生の大一番。今できなくて、どうする。

「それと！」

拳を握って決意する。

「今度からおしゃれ着、おばあちゃんちに置いておこっと！」

……『今度』はないかもしれないと思いながら、階段を下りて――息を呑む。

玄関でこちらを見つめる松代はやっぱりハンサムだった。

ただ立っているだけなのに、計算されたポーズに見える。

穏やかな笑みを浮かべる松代に、ドキドキと胸が高鳴ってしまう。

頬も赤らんでいるだろう。体温も絶対に二、三度は上昇している。

戸締りと火の元を確認していると、松代が呼んだタクシーが到着した。

す、と男が手を差し伸べてくる。

意図がわからずまごついていると、松代に促された。

「仁翔先生。新しい教え子にあなたをエスコートさせていただけませんか？」

……しっかりしろ、わたし。

男性の手など握り慣れているでしょ（ただし十二歳以下に限る）！

気合いを入れて一歩踏み出したのと、手を握られたのが同時だった。

心臓の音がバレませんように！　と祈りながらタクシーに乗り込む。

車中で仁那は、自分の手をずっと握っている松代の手から目を離せない。

大きな手だ。節くれ立った長い指。

車の中で逃げようがないのに、彼女の手を解放してくれない。

松代のもう片方の手は拳を握り込んでいる。太ももが張り詰めているのは足に力を入れている証拠だ。

……なぜ、この男が緊張する必要があるのだろう？　仁那は不思議に思う。

彼女に向けられた松代の瞳は、いつも紫藤瑞葉が向けられる欲まみれの目ではなく、崇高な任務を課せられているかのようだ。

他の男がこんな思い詰めた目をしていたら間違いなく和登に連絡するか、警察に通報しただろう。

ついてきてしまったのは、松代が時折辛そうな目をしたからだ。

どんな理由からかはわからないが、彼が楽になるならと考えたのも、食事を了承した理由の一つ。

「仁翔先生、降りますよ」

声をかけられて我に返る。

なんと、松代と見つめ合っている。どうやら自分はずっと彼を観察していたらしい。

言い訳を考えているうちに男が車を降りた。

慌てて後をついて降りて、呆然とする。

「こ、ここ……」

ホテル・エスターク。

いつもどこかしらの女性誌で必ず特集が組まれている、セレブ御用達の星つきホテルだった。

仁那も憧れていて、月に一回でもパーラーでケーキセットを食べられたらいいなと思っている。

「ニワトリの真似ですか？」

気圧《けお》されていると、とぼけた声をかけられた。

早速からかいのネタに使われてしまったらしい。

む、として見れば、にっこりと笑いかけてくる。

さりげなく腰に手を添えられた。赤くなってあわあわと焦っていると、耳元でささやかれる。

「大丈夫。とって喰うのは俺達ですから」

びくりと跳ねてしまった体をなだめながらエントランスに向かう。

……もしかして彼は自分の緊張をほぐしてくれたのかなと気づいたのは、ベルパーソンが二人を出迎えてくれたときだった。

女性スタッフが近づいてくる。

が、仁那は豪奢《ごうしゃ》な内装に気をとられていて、気づかない。

いきなり至近距離で「高坂様」と呼びかけられ、飛び上がってしまった。

咄嗟に周りを見回すと、松代は笑いをこらえている。

「何度も呼んだんですよ？」

「仕方ないでしょう、高坂って呼ばれたことないんだから！」

逆ギレ気味に反論すれば、不思議そうに訊かれた。

「名字ではなく、仁翔先生と呼ばれることが多いんですか」

——立ち入れない線を引かれた。シロさんにとって、自分は書道教師でしかない。

一抹《いちまつ》の寂しさを感じながら、なぜか一人で行くように言われ、とりあえずスタッフについていく。

「え？」

到着したのはエステサロンだった。

服装のコーディネートやメイクの予約も入っているという。

仁那は青くなる。

ホテル自体も超一流なら、当然出店しているテナントも有名な店ばかりだろう。

いったいいくらかかるのか。

財布と通帳の中身を頭の中で確認し、無理という結論に達した。

「高坂様？」

「あの、キャンセルします」

自分の服ではドレスコード違反かもしれないが、このまま食事させてもらえないかとエステティシャンに申し出る。

彼女は仁那の申し出に、あり得ないというように目を見開いた。

おそらくそう簡単には予約が取れない女性憧れの超高級サロン。

なので『もったいない！』という意味なのだろう。

自分だって受けたい。でも、こんな高価なプレゼントは受け取れない。

「ごめんなさい。でも、こんな高級なエステ、受けさせていただくわけにはいかないんです」

仁那は正直に頭を下げる。

「……松代様から前金で全額頂いておりますし、当日のキャンセルは百パーセントの違約金が発生いたします」

なだめるように微笑みかけられた。

施術を受けるにせよキャンセルするにせよ、どちらにしても彼に負担がかかる。……強引に連れ出されたのだし、このサービスを仁那は了承していない。松代がキャンセル料を払うのは当然だ。

しかし時間を空けてくれ、準備をしてくれていたスタッフに申し訳ない。

「だったら施術は受けさせていただきます。でも、わたしがお支払いします」

「一度頂いた代金をキャンセルするにはお連れ様にお越しいただいて、カードをお預かりしなければマイナス計上ができません」

確固たる意志を示そうと宣言するが、やんわりと『当事者同士で話をしろ』と言われてしまった。

……仕方ない。松代に直接現金を返すしかないのだろう。金額を確認するため、エステティシャンに受けるコースの値段を聞いたが、教えてくれない。

「まことに申し訳ないのですが、松代様より『プレゼントなので、野暮《やぼ》な質問はしないでほしい』とのメッセージを言付かっております」

対仁那用の想定問答集でも作っているのか、ことごとく論破されてしまう。

「あんにゃろおおぅ……」

仁那はスタッフに聞かれないよう口の中でののしった。

押しの強さを優雅さや洗練さで包んで、意のままに他人を扱うのが優れた人物の証しであるならば、松代は間違いなく一流だ。

……後でホテルのホームページを見て見当をつけるしかないらしい。

だが、果たして松代が受け取ってくれるのだろうか。なんだかんだ誤魔化されそうだ。

ため息をつきたいのを我慢して、仁那は担当者に頭を下げた。

「わかりました。よろしくお願いします」

エステティシャンは生温《なまぬる》い笑みを貼りつけて、仁那を施術室へ導いた。

……渋々だったとはいえ、プロによる手技は素晴らしく気持ちよく、日頃の疲れが綺麗さっぱり取れた。

大人しくメイクされ、着替えの段になって仁那は呻《うめ》き声をあげる。

「あの人は……！」

とろりとした生地に、美しいシルエットのワンピースは間違いなくブランドものだろう。靴にアクセサリー、高級そうなランジェリーまで。

――松代さんは、女性と食事に行くたびにこんなことをしてるの？

嫉妬交じりの疑念がむくむくと湧いてくる。

連れ出すテクニックもエスコートも、女性に払わせまいとする強引さも。全て経験から成り立っているのだと思うと、感嘆してしまう。と同時に、胸がチリチリと焦げてくる。

彼が慈しみ、愛おしんできた女性の存在が無性に腹立たしい。

「愛されてらっしゃいますのね」

微笑むエステティシャンにそう言われたが、皮肉にしか感じられない。

仁那は自嘲しつつ、泣きそうな顔で呟いた。

「こんな高いもの……わたしには似合わないですよね」

すると真面目な顔になったエステティシャンに諭《さと》される。

「ご自分に自信がおありで、ハイブランドを身に着ける方もいらっしゃいます。反対に、身に着けたことで自信が生まれる方もいらっしゃいます。松代様は高坂様にお似合いになる服を選ばれていますわ」

背中を押してもらって、仁那はようやく服に袖を通した。

「お連れ様、お見えになりました」

仁那の前を歩くスタッフが声をかけると、ロビーで座って待っていた松代が振り返り、なぜか目を瞠《みは》った。

それから微笑みを浮かべて立ち上がり、つかつかと仁那のもとに近づいてくる。

「仁翔先生、綺麗です」

そう言いながら差し出されたブーケの、メインの花の色が仁那の服に合わせてある。

「……そう、みたいですね」

受け取った仁那は力なく答えた。

松代は仁那へ伸ばそうとしていた手を止めて、彼女を覗き込む。

「どうかしましたか？」

「ここまでしてもらえば、誰だって綺麗になれます。……なんで、こんなことをしていただいてるのかわかりません」

仁那は訝《いぶか》しげに松代を見つめた。

松代は謎めいた笑みを浮かべているばかりで、答えるつもりがないようだ。

仁那が再び口を開こうとしたタイミングで、スタッフが席の準備ができたと告げてきた。

奥まった場所にあるエレベーターに乗り込み、松代が最上階のボタンを押す。

上昇感覚がある中、二人とも口をきかない。

居心地の悪さにとうとう我慢できなくなった仁那が口火を切った。

「なんでこんなことをするんですか」

彼女の疑問に、松代は微笑んで見せた。

「一目惚れって言ったら信じますか？」

息が止まりそうになったが、即座に否定する。

「信じません」

「仁翔先生は手ごわいですね。いつもなら俺が瞳に熱を込めていると、徐々に相手の双眸《そうぼう》が潤んでくるんだけどな」

男はやれやれという風情である。

「ルールを解しておらず、申し訳ありません」

仁那は棒読みで答えた。はっきり言って、ドン引きである。……同時に、十把一絡《じっぱひとから》げにされた悲しみも湧き起こって、涙が溢れないように力を込める。

モテることを自覚している男に口説かれるのは初めてではない。いつもならもう少しスマートに躱《かわ》せるのに。松代に翻弄《ほんろう》されてしまう自分が悔しい。

松代が優雅に肩を竦《すく》める。

「野良猫を懐かせようとしたときを思い出すな……」

男の面白がっている声が聞こえてきた。

「ご存じありません？　野良猫は気に入らない相手に手を出されると、引っかくんですよ」

ついでに、今の自分は威嚇しつつ怯《おび》え、背中を丸めて毛を逆立てているのだろう。

「だとしたら、今の仁翔先生はシャーって言ってるのかな……。あれは猫が防衛線を突破されたときの、攻撃宣言ですよね」

バレている。

「わかりました。仁翔先生を口説くのに、もう少し段階を踏めということですね」

「口説いてほしいなんて、ひとっっっっことも言ってません」

仁那の強情っぷりに、松代は手のひらを見せて降参の意を示した。

「今は引きますよ。……靡《なび》いてもらえる前に逃げられたら、かないませんから」

あくまで余裕な様子に、仁那はムッとした声で返事をする。

「逃げませんが、手懐けられるつもりもありませんので」

エレベーターの狭い空間に好みの男と二人。

触れ合えそうな距離で、男はしげしげと自分を見つめている。

向けられているのは好意ではない。単なる興味。だが、体中に力を入れていないと、溶けて液体になってしまいそう。

二人とも口をきかないでいるうち、鼓膜に独特の圧力がかかるのを感じた。

ポーンという音と共に扉が開く。瞬間。

「わあ……っ。一望できますね」

先ほどの一触即発の空気はどこへやら。

仁那はスカイラウンジの見晴らしの良さに思わず歓声をあげた。

「どうやら店のチョイスは正解だったようですね」

奥まった窓際の席に通される。

アンティークの置物がさりげなく置かれ、人の目からはほどよく遮られていた。

キョロキョロしたいのを我慢していたが、こっそりと見渡して、仁那は感嘆の声を漏らす。

「素敵……」

「予約を受けてくれたスタッフに『一世一代の恋なんだ。雰囲気のいい席を頼む』と伝えましたから」

仁那は松代の軽口には答えず、窓の外を見下ろす。

夕暮れの空が美しい。朱とスカイブルー、そして、藍《あい》へと。そのグラデーションの下に、人々の営みがある。

「こうやって眺めていると、独り、世界からはみ出している気分になるな」

松代の呟きに、「え」と、仁那は男に視線を戻した。

そこで、彼が自分を見ていたことに気づく。

「いや。二人で、かな」

彼の意味深な言葉に頬が熱くなる。

ムーディな照明の薄暗さで誤魔化されてくれればいい、と仁那は願った。

――わたしにとっては口説き言葉でも、彼にしてみれば日常の挨拶に過ぎないんだ。

「あなたは不思議な女性ですね。このホテルもエステもワンピースも、どれもそれなりのレベルだけど物怖じしていない。けれど、嬉しそうでもない」

「そう……かもしれません」

心細くなって、仁那は自分の格好を見回した。

「嫌い？」

「え？」

顔が近づいてきたなと思っていたら、耳に唇を寄せられた。

「俺はどんなあなたも好きですが。……仁翔先生は綺麗な自分が嫌いですか？」

仁那が松代を見上げると、艶《えん》な目で覗き込まれていた。彼女の顔が強張る。

「信じるのが怖い、って顔をしている」

男が手を伸ばしてきて頬に添えられるが、仁那の表情は強張ったまま。

「俺のことは信じなくていい。だけど、ここの料理は疑わないで」

真剣な表情で冗談を言われて、ようやく仁那の顔がほころんだ。

「シンデレラになったつもりで楽しみます」

彼女の言葉に松代が薄く笑う。

「ぜひ」

料理のオーダーをしてから、松代は酒用のメニューを持ってこさせた。

「仁翔先生、イケるクチでしょう？」

仁那は素直にうなずく。

袋田家では家業の休前日と仁那の仕事の休前日が重なった場合、家呑み大会が催《もよお》される。

父母も和登も、漏れなく酒豪だ。

「バレました？」

彼女の言葉に、男が唇の片端をあげた。

「そりゃ、あれだけ酒のボトルを熱心に見てればね」

仁那の視線の行き先から好みのあたりをつけたらしく、合わせる料理を追加でスタッフに告げてくれた。

前菜にボトルとグラスが二つ、運ばれてくる。

「『命の水』に乾杯」

「乾杯」

それからは和やかに時間が進んだ。

美味な料理がいくつも出る。

デザートの頃になると、仁那はいい気分になっていた。

緊張はとっくに霧散し、体がゆらゆら揺れている自覚がある。

「仁翔先生はなんで、書道の教師をしているんですか？」

「小学生の頃からお習字を習ってて。それから自然に……ですね」

「やっぱり、その頃から上手だったんですか」

松代が一気に酔いの醒《さ》めた表情になったが、仁翔は気づかず、楽しそうに続ける。

「それが、よーいドン！　で習い出した他の子よりも、全然下手で」

「……へーえ？」

仁那は予想していた通りの松代の反応に、ふふと笑った。

「普通は字が美しいとか、向いているから書道教師になったと思いますよね」

「そうですね」

彼女はグラスを干した。ピッチが速い。

「子供の頃は劣等感でズブズブでした。書き初めを張り出される日やコンクールが憂鬱で、さぼりたかった」

懐かしく話す仁那に、松代はしばらくの無言ののち、「わかります」と呟いた。

「でも、墨をするのは好きだったんです。硯《すずり》に向かっていると、不思議と心が落ち着きました。のちに、『静心《せいしん》』と呼ぶと知るんですが……、子供の頃感じたのはまさにそれだったんです」

「せいしん」

仁那はバッグからペンを取り出すと手拭きナプキンに『静かな心』と書いて、松代の手に載せる。

「高校のとき、音楽・美術・書道から一つの授業を選択するんですが、好きじゃない書道を選びました」

仁那はぺろりと舌を出した。彼女につられて松代も笑う。

「好きではなかったのに？」

「はい。存命だった祖母と、今も元気な母の押しに負けました。……なんとなく二人が、わたしに書道教室を継いでほしがっているのもわかっていたので」

当時の感情を思い出すうち、仁那の声はだんだん小さくなっていく。

「仁翔先生の母上は継がなかった？　なのに、あなたに強要したんですか」

——この人はわたしのために怒ってくれている？

それだけで、書に向き合う前の自分が報われた、と仁那には思えた。

「母も書道はやってたんです。けれど、職人の父に出会ってしまって。父と祖父が営んでいた店を手伝うことを決めました。でも母は祖母に負い目があったし、祖母も孫に期待していたみたいで。わたしが継ぐしかないんだと思っていました」

「反発心はなかったんですか？」

松代に柔らかく訊ねられ、仁那は少し考えてから話を続けた。

「わたし、双子の兄がいるんです」

「うん？」

「……兄はイケメンで。勉強もスポーツも、書でも敵わなくて」

「でも、継がなかった？」

「はい」

和登は、決められたレールの上を歩くことに抵抗していた。

「でも、兄に強制されたわけでもないんです！」

仁那は慌てて言い重ねる。

「……ただ、前途有望な兄はなんにでもなれた。それに引き換え、わたしはやりたいこともなかったし……親の言うことを聞いて、兄より褒められたいという打算があったんです」

仁那の頭の中で、かすかに警報が鳴る。

これから書を学びたい人に嫌悪感を与えてどうする。しかし、止まれなかった。

「書道が本当に嫌いでした。でも不思議なことに、だんだんとハマっていって」

「……なにか、きっかけでもあったのですか」

男の、食い入るような眼差しに、仁那は気づかない。

仁那はＴＶの正月番組で、芸能人が六畳ほどありそうな大きな紙に箒《ほうき》くらいの大きさの筆で字を書くパフォーマンスを見た、と告げた。

「書をアートだと捉えたら、上手い下手ではないんだと。突然、そう思えたんです」

松代がはっとした表情になる。

「進学するとき『苦手なわたしだからこそ、書道嫌いの子に教えられるんじゃないか』と、書道を学べる学部を選びました」

「……そう、でした……か」

彼が呆然と呟くのを見て、申し訳なさが募《つの》る。

家族にも和登にも話していないことを、この人に吐露してしまった。

「未来の書家を育てようとかではないんです。せっかく学ぶんだから、楽しい思い出にしてほしいなってレベルです。……ごめんなさい、こんなネガティブなことを言ってしまって、幻滅されましたよね」

仁那は松代に頭を下げた。

「……先生の教室はメソッドがユニークだと、ネットのコメント欄に書き込みがありました」

なぜか、泣き出しそうな表情の彼から絞り出された声は、喘《あえ》ぐようだった。

「自分でも型破りだなあと思います。……松代さんは、大丈夫ですか」

不安になって訊くと、松代は即座に肯定してくれた。

「いいと思うよ」

男の言葉から敬語が抜けた。仁那もあえて口調を崩す。

「ほんとに？」

「ああ」

「よかった」

自分は今、このうえなく晴れやかな笑みを浮かべているだろうと、仁那は思った。

支払いを終える頃には、仁那の足元は危うくなっていた。

エステで血行がよくなったところにアルコールを摂取したのだ、当然の結果である。

くてんとなった体を、松代に大事そうに抱えられているが、あまり意識していない。

とりあえず、いくばくかでも払わねばと財布を取り出したところ、男にやんわりと断られた。

「ろうして？　奢ってもらう理由がありましぇん」

呂律《ろれつ》が回らない口で抗議するが、松代は微笑んでいる。

「申し込みにも書いたでしょう。些少《さしょう》だが休日の賠償はする、と」

仁那はびっくりした。

「少しろころか、一生分くらいのプレレントをいららきましたれす！」

「そう言ってくれるってことは、気に入ってもらえたのかな？」

「とっても！　ありがとうごじゃいます！」

にっこぉと満面の笑みで仁那は礼を言った。

松代が愛おしそうな顔で、そのまま仁那を抱きしめる。

彼女も嬉しくなって抱きつき返した。

「どういたしまして。……仁翔先生。あなたも俺と同じだったんだな」

仁那をかき抱きながら、松代がささやく。

「あなたは強くて綺麗だ」

「まつしろひぁん……。今はね、わらしは書が好きなんれす」

ごろごろ。懐いた猫のように仁那は男に甘える。

「わかってる。仁翔先生は頑張ったんだよね。あなたは俺にとって、救いの女神だ」

ちゅ、ちゅ。松代は彼女の頭にキスを落とした。男が熱い吐息を漏らす。

「お手軽だよな、俺も。だけど、このまま帰したくないんだ」

仁那は彼の厚い胸板に頬を押しあて、くふんと鼻を鳴らすと、嬉しそうに返事をした。

「わらしも帰りたくないれす」

「そう？　じゃあ、俺の部屋に泊まる？」

「あい……！　あ、だめら。明日からのまつしろひゃんの授業の準備をしておきたいのれす。今日は帰りまふ！」

名残惜しかったが、仁那はなんとか温かい檻《おり》から抜け出た。

「まつしろひゃんっ、お姫様気分になれましたー。こんな気分になったのはぁ、かずとと誕生日でぇとした以来れすっ」

彼女はエレベーターの一階のボタンに指を伸ばしながら礼を言った。しかし、操作パネルに手が届く前に、松代が途中の階を押してしまう。

「……まつしろしゃん？」

酩酊《めいてい》している頭でも、松代が冷たい目をしているな、と思った。

とはいえ、頭も体も火照《ほて》っている。

少しくらい厳しい目をされても、今の仁那はへっちゃらだった。

ふと、松代が聞こえよがしに呟く。

「……思い出した。君を奴から引き離す計画だった」

「奴って、られれすかぁー？」

質問に答えてくれない男にさらに訊ねようとしたら、囲い込まれた。

仁那も彼の大きな体に腕を回す。

「あっさりと俺の心に入り込んできたくせに、他の男の名を口にする君が憎らしいよ」

松代の顔は嫉妬で歪《ゆが》んでいたが、彼の胸にしまい込まれた仁那が見ることはない。

「そーれすかぁ？　あのね、かずとはね、わらしの、ン！」

兄だと告げようとしたら、熱く濡れたものに唇を塞がれる。やがて、ぬるりと舐められた。

息が苦しくて口を開けると、なにかが我が物顔で口腔内《こうこうない》を暴れまくる。

「ふ」

なにかが舌に絡められ、ジンジンとしてくる。気持ちよさと酸欠から腰砕けになる。

チン、と音が鳴り、エレベーターが止まった気配。

「仁翔先生、しっかり。……こんなに酔わせるつもりはなかったけど、ね」

ずるずると崩れ落ちそうな仁那を、松代がガッチリと抱え込む。

「あなたを一人で帰せない。俺の部屋に泊まりなさい」

松代の命令に、彼女はふるふると首を横に振った。

「じゃあ、酔いを醒《さ》ましてから帰りましょう、ね？」

「あい。……あ、かずとに連絡しまふ。あいつ、自分はしょっちゅう外泊するくせに、わらしが遅くなるろ、うるさいのれす」

携帯電話を取り出すが、取り上げられた。

「クロには、俺から連絡しますよ」

「はーい、お願いしまーす」

そこまでが仁那の限界だった。まぶたが糊《のり》づけされたように、開けられない。

ふわりと体が浮いたような感覚と、ゆらりゆらりと運ばれる気配。

どさりとどこかに投げ出され、ぎしりと軋《きし》む音がした。

「ねえ、仁翔先生？　俺のものになりなよ」

言いながら、ぷちぷちという音と、体が解放される感覚。

「星つきのホテルでディナー。浴びるほどの贈り物。あなたがあいつを忘れてくれたら、世の女性達がうらやむような日々をあげるよ」

——『あいつ』って誰だろう。まさか松代さん、ヤキモチを焼いてくれている？

心配しないで、わたしにはあなたしか見えてないです。仁那は熱心に訴える。

けれど、彼の悲愴《ひそう》にも見える瞳の色は変えることができない。

ねえ松代さん。わたしは他の生徒と同じように、あなたが愛おしいんです。

あなたは想像していたより綺麗で、でもずるくて傲慢で、人の言うことを全然聞いてくれない。

人生イージーモードっぽいのに、どうしてだか必死に、なにかと戦っている。

助けてあげたくなる。わたしが、あなたを守ってあげたい。

……なにを考えているのかな、わたし。

夢中で考えごとをしていたら、体が火照《ほて》っているのに気づいた。

「暑い……」

そう声を出してやっと、先ほどの言葉が夢うつつの中で松代に言っていたものだったとわかる。

「脱がしてあげるよ」

するり、と肌をなにかが撫でていく。

ひんやりした空気が熱を持った肌に気持ちいい。寝返りを打ったのに仰向けに戻される。

「約束する。あなたが俺を見つめてくれている間は、俺もあなた以外の女性を見ない」

やけにはっきりと聞こえて、仁那はぱかっと目を開けた。

「わらしだけを見てくれるんれすか。……ほんとの、わらしを愛してくれるの？」

「ああ」

「らったら。まつしろひゃんのものになります」

仁那は満面の笑みで手を差し伸べた。

「『和姦成立』だね、仁翔先生」

冷酷な笑みを浮かべ、松代は彼女にのしかかった。

＊＊＊

翌朝。

目の奥にねじ込まれるような光に意識が浮上した。

「う……ん」

「ゴージャスな夢だった……」

仁那はうっとりと反芻《はんすう》する。

一流ホテルで、素晴らしい男性とデートした。甘く熱く見つめられた。

逞《たくま》しい体に抱きしめられて、あろうことかお姫様抱っこをしてもらった。

……こんな夢を見た原因はわかっている。シロさんと同姓同名の人から申し込みがあったからだ。

「頭、いたい……」

自分の体から酒の匂いがする。たくさん呑んだ記憶はあるが、相手は兄ではなかったはずだ。

誰と呑んだんだっけ？　目を瞑《つむ》ったまま、思い出そうとする。

教室見学の予約客がいたのか、いなかったのか。

その人物が松代と名乗ったのか、まったく違う名前だったのか。

どこまでが夢で、どこからが現実なのか、ハッキリしない。

わかるのは、いつもの布団とは感触がまったく違うことだけ。おかげで、たっぷりと質のよい睡眠が得られた。
仁那はなおも堪能する。肌触りのよいシーツの感触と、自分を抱きしめてくれているなめらかな肌を。――って、なんだろう？　どうして妙に弾力があって筋張っているの。筋肉質って……布団が？

「………ハイ？」

そろりと振り返ると、すうすうと寝息を立てている男が。

「まっ！」

叫びかけて、仁那は慌てて自分の口を手で塞いだ。
誰かと同衾《どうきん》しており、しかも相手は、松代と名乗った男だ。
男をまじまじと見つめ、口の中で呟く。

「うっわ、美形って眠っててもイケメンなのね……じゃなくて！」

これが夢なら醒《さ》めたくない。だが、現実ならば。

「こ、このシチュエーションは……シちゃったの？」

おそるおそる掛布の中を確かめてみると、当然のように二人とも裸である。
祈るような気持ちで頬を思い切りつねってみたら、やはり痛かった。
……生徒（予定）とイタしてしまった。
必死に守ってきた職業倫理を崩壊させたことに、彼女は泣きそうになる。

「……なかったことにしよう！」

事実の隠滅は簡単に思えた。

「抱かれたなら、わたしがつまんない女だって松代さんにバレちゃったわけで」

どうせ、書道教室の申し込みもキャンセルしてくるだろう。悲しいが、仕方がない。

松代を起こさないよう、そろりと体を動かす。が。

「着てきた服がない」

……クリーニングに出してくれたと聞いたが、部屋に持ってくるだろうから連絡もできない。松代に目を覚まされたくないのだ。

「となると、これを着させてもらうしか」

ソファの上の昨日プレゼントされた服は、下着を含めてどう見ても高級品ばかり。

「ダメダメ！　下手すると窃盗だよ」

だが、さすがに裸では帰れない。仁那は覚悟を決めた。

『ごめんなさい。自分の服が見当たらないので、昨日の服を着て帰ります。足りない分は後日、ホテル宛に送金します』

彼女は備えつけのメモ用紙にメッセージを書き込むと、数枚の紙幣と共にソファ近くのテーブルに置いた。

「残債はいくらかな。分割はだめだよね」

昨晩かかった総額は、弱小書道教室教師の休日補填《ほてん》額レベルではないはずだ。

……余裕のある経営状況ではないので痛手だが、合意した自分にも責任がある。

服を身に着けようとして、なにげなく体を見下ろした仁那はギョッとした。

赤い鬱血痕が何ヶ所も。慌てて服を着込む。

……最後に、名残惜しくて松代を振り返った。

ソファ前のテーブルには、昨日もらったブーケが置かれている。

「これはもらっていいよね」

素晴らしい時間が現実であったことの証し。

仁那はそっとテーブルまで戻ってブーケを持ち上げると、ベッドに向かってぺこりと頭を下げた。

第三章　秘密の契約

「高坂様。ホテル・エスタークよりクリーニングの品をお届けにあがりました」

一時間後、逃げ帰った祖母宅で。インターフォン越しの声を、仁那は疑わなかった。

「はーい」

引き戸を開け、目の前の人物が誰かわかった途端、慌てて閉めようとしたが力強い手ががっしりと止めに入った。

手で押さえる他は戸に触れず、松代がしなやかな身のこなしで玄関内に入り込む。

「ひどいな。昨日、あれだけ素敵な時間を共にした男を置いていくなんて」

憐《あわ》れっぽい台詞《せりふ》と、獰猛《どうもう》な肉食獣のような表情がまるで合っていない。

「……来ると思わなかった……」

仁那の唇から、無意識に言葉が落ちる。

「なぜ？　予約したでしょう、俺があなたの時間を貸し切りにすると」

「だって」

言いかけて口ごもった仁那を、松代が優しく促す。

「言って」

「わたしのこと……抱いたんでしょ。つまらなかったですよね。そんな女に習う気なんて、失せたでしょう？」

うつむいた彼女に注視していなければ、聞き逃してしまうようなか細い声だった。

「俺にとって素晴らしい時間だったよ」

思わず仁那が顔を上げると、真摯《しんし》な瞳が自分を見ていた。

「俺を信じる時間を、あなた自身に与えてくれないか」

仁那はふるふると頭を横に振る。

……いつか松代は、地味で冴《さ》えない本来の仁那に気づく。その次に来るのは別れで、傷つくのは自分だ。

「無理です」

「俺の学ぶ機会を奪わないでほしい」

松代の言葉に揺れた。教えてあげたい。しかし、長く一緒にいればいるだけ、自分は彼に醜態《しゅうたい》を晒《さら》してしまうだろう。

「わたし、男性慣れしてないんです。松代さんを、うっとりした目で見ない自信がありません。それってセクハラでしょう？」

仁那が力なく呟く。すると松代は破顔した。

「光栄だけど」

これだからモテる男は！

「あなたが俺を拒んでも、俺は仁翔先生を選んだ」

この人には書道を習わなければならない理由がある。そして学ぶ場として、自分の教室を選んでくれた。書道を楽しむ男の笑顔が見たい。——本当は、彼の傍にいたい。

「……………わかりました」

しばらく逡巡《しゅんじゅん》し、仁那は受け入れた。教室へ向かいながら、なんとか気持ちを切り替える。

文机を準備しながら、今日の予定を伝えた。

「申し込みに『初心者です。最初から教えてください』と記入されていたので、『筆おろし』からお教えしようと思っていますが、それでいいですか？」

精一杯、元気な表情で問いかけると、松代はなぜか固まった。

「……筆おろし？　そんなこともあなたが教えると？」

彼の様子に、仁那は内心首をかしげた。

「そうです。初めての人はそこから始めるのが、この教室のルールなんです」

「あなたは色々な男とここで……？　というか、俺を初めてだと思っているんですか？」

目の前の男は端整な顔を一瞬にして歪《ゆが》ませ、意味不明なことを呟いてくる。

仁那は一応確認してみた。

「経験者でしたか」

「もちろん」

自信満々に言いきる男に、仁那は自分の脳内にクエスチョンマークが飛び交うのを感じた。

話が噛み合っていない気がする。

昨日の打ち合わせ内容は実は謙遜《けんそん》で、松代はかなりの腕前なのだろうか。……しかし、墨をすっていた時の彼の姿を思い出すと、腑に落ちない。

噛み合わないままでは、今後の進行に支障をきたす。

こういうときは、なにを置いても確認をしておくべきだと、教師の勘が告げていた。

「あの、『筆おろし』とは、新しい筆を使いはじめることなんです。……道具の手入れはご自身で行うべきものなので」

『道具一切を用意するのは書道教師の務めで、自分は書くだけだ』と思い込んでいる人間も多い。

仁那が営業スマイルを浮かべて説明すると、松代は一瞬考え込むような表情をした。

「え？　……あ。す、すみません！　変な方向に勘違いを……っ」

彼の顔がみるみる真っ赤になる。

にぶい彼女も、さすがに『祝・チェリーボーイ卒業！』の隠語だと思い至った。

松代は恥じ入っているし、仁那もだんだんと自分の耳が熱を持っていくのがわかる。

教師たる自分がこの気まずい雰囲気をなんとかせねばと思うものの、仁那はここしばらく子供や保護者以外の男性とまともに会話をしていない。

仁那は葛藤の末、なんとか口を開いた、が。

「めっ、滅相もないです！　松代さんのほうこそおわかりでしょうけど、わたし不感症なのに全然痛くありませんでしたしっ！」

――なんっっってことを言ってるのぉぉ、わたしぃっ！

言ってしまってから、仁那は自分の言葉に絶望した。

――だめでしょカット、カットぉぉー！

けれど誰も止めてくれる者はおらず、仁那はさらに加速する。

「見るからに恋愛上級者の松代さんに、エッチでイッたこともないわたしなんかが教えるなんて、おこがましいですよねっ。むしろコーチしていただくのはこちらというか！」

――ぎゃあああっ、もうやめて！　誰か、なんでもいいからわたしの口に突っ込んで！

祈りは聞き届けられない。

……空気を和らげるどころか、最悪にしてしまった。けれど松代は一瞬あっけにとられた後で、距離を一気に詰めてくる。

「今の、本当？」

低く艶《つや》のある声を耳穴に吹き込まれて、背筋がぞわりとした。おかげで松代の質問の意味がわからず、訊き返す。

「え、なにが」

「あなたが言ったんですよ、俺に恋愛の手ほどきをしてほしいと」

言っただろうか？　自分の記憶を巻き戻し、脳内シアターで確認する。

「あ！　あれは言葉の綾で……っ」

言い訳の途中で、極上の微笑みで提案された。

「ではこうしましょう、俺は仁翔先生から字を学ぶ。あなたは俺に恋愛を教わる。……もちろんセックス込みで」

「え」

なにを言われているのか、理解できない。とりあえず、謝っておこう。

「美食に慣れてらっしゃる松代さんに、Ｂ級グルメ以下を食べさせ、ご不快な思いをさせてしまいました……って、ちょっと！　ち、近いですよ！　松代さんの熱い息がわたしの唇にかかってますっ！」

男にぐいと近寄られ、仁那の鼻は彼からふんわりと漂ってきたフレグランスを力いっぱい吸ってしまう。森林浴をしているような、爽やかでかぐわしい薫《かお》りだ。

「誓って危ない目に遭わせたりしない」

「むしろ今、危機を感じてますっ！」

抗議したら、今にも食べられそうな笑みを向けられた。ひ！　と固まると、唇同士が触れそうなすれすれの距離でささやかれる。

「安心したよ、一応男への警戒心はあるんだな」

彼の体が発する熱が、仁那にも伝わっていく。――ちっとも安心できない！

「大丈夫、仁翔先生を気持ちよくさせてあげたいだけだ」

それが一番怖いんです！　……という彼女の言葉は、これ以上の抵抗は許さないとばかりに松代の唇に塞がれてしまい、音にならなかった。

――キスされている。わたしが、松代さんに？

感動する場面のはずだが、仁那には衝撃と疑問のほうが大きかった。

――なんで。これも夢なの？　夢なら醒《さ》めてほしくないけど、息が吸えなくて苦しい。

「松代さ、ン……！」

男はだらりと垂れた仁那の腕を掴むと、自分の肩に回した。

「あ、ヤ」

噛み締めていた唇をぬるりと熱いものに舐められる。頑固に口を閉じたままでいると鼻を摘まれた。

「ふがっ！」

苦しくなって口を開けてしまい、有無を言わさず舌がもぐり込んでくる。

また苦しくなり、取り返した手で松代の胸を叩こうにも、拳ごと腕を彼自身の体に押しつけられる。ならば体で……と思った途端、腰をぐいと引き寄せられてしまう。

頭を振って離れようとすると後頭部を抱え込まれる。抵抗しようにも口腔内《こうこうない》に深く侵入され、二人の舌が絡み合っていて歯を食いしばることもできない。

松代の舌は、仁那が抵抗をやめるまで彼女の口の中を攻め続けた。

「は、あ……」

仁那の息つぎのためというよりは彼女の抵抗がなくなったからだろう、松代が唇を放してくれる。

といっても、分厚い男の体にしっかりと封じ込められたままだ。

「今、キスで感じてたでしょう？　俺はあなたを不感症とは思わないけど？」

仁那を思いやっているのがわかる松代の口ぶりに、かえって見ないふりをしてきたものを直視せざるを得なくなった。

「……う」

仁那の中には、傷の上に重ねた傷がある。

……ようやく瘡蓋《かさぶた》ができたところなのだ、これ以上剥《は》がして抉《えぐ》らないでほしい。

視線を落としたまま唇を噛み締めていると、背中を優しくさすられて、ささやかれた。

「仁翔先生。俺はあなたに幸せになってほしいと思っている」

とうとう、仁那の涙腺が決壊する。

「なんでっ。わたしなんて尼僧《にそう》とか言われてる色気もない女で、松代さんにとってはただの通りすがりで！」

涙に濡れた瞳を上げると、松代の顔が再び覆いかぶさってくるところだった。

「ん……！」

先ほど慣らされてしまった口は、従順に松代の舌を迎え入れた。

くちゅりくちゅりと水音が鳴り、口腔内《こうこうない》がじんじんしてくる。

感じてくるにつれ、乳房も重たくなってきて、尖《とが》ってきた先端がブラジャーに擦れる感覚がある。

太ももの間に割り込んできた松代の脚を気持ちイイと感じてしまった。

……やがて仁那の体が力を失い、くったりと男の体にもたれかかる。

松代は、仁那を優しく抱きしめた。

「仁翔先生を愛おしいと想っている男が確実にいるのに。なぜ、あなたはそんなに卑下する？」

「まつしろ、さ」

「何度でも言おう。君は俺に書道を教える、その代価はきちんと払う」

……『あなた』が『君』になった。

「だけど俺からも君に『女のエクスタシー』を教えてやる。特別にね。昨日、全てを見せ合った仲だし？」

耳孔《じこう》に熱い息と共に低い声を流し込まれた。

仁那の腰にぞわりと震えが走る。……それがあきらかに性的な感覚であることに、戸惑いを覚えた。

「震えているね。耳がイイんだっけ？」

松代の声が、勝利を確信している。仁那自身より彼女の性感帯を熟知していそうな男。

彼から発せられる、性的な音波が背中をゾクゾクさせる。

低く掠《かす》れた官能的な音域と言葉は耳から入り込んで、理性を狂わせる。

昨日、自分は彼に全てを曝《さら》け出してしまったはず。――それでも、この人はわたしと抱き合ってくれるの？

仁那の心の中に期待が生まれる。

「自分でもよぅくわかっていると思うけれど、君の体は嫌がってない。俺はそれなりに経験もある。お互いに楽しめると思う」

……騙されてはだめだ。

松代は恋愛の心の部分を無視して美味しいところを楽しみたいだけだと、必死で自分に言い聞かせる。

目の前の男性にとって、仁那の攻略はゲームでしかない。

危険だ、早く現実に戻ろう。仁那は松代を遮断すべく、目を瞑《つむ》る。

すると、忍び笑いをしている気配が。

「男の前で目を閉じるってことは、なにをされても構わないってことだ。俺にもう一度キスしてほしいっておねだりしてるの？　もちろん、何度でもしてあげるけど」

同時に、彼女の唇を吐息が撫でる。誘われたように言葉がこぼれた。

「わたしに構って、松代さんになんのメリットがあるんですか……？」

自分でも聞き逃しそうな小さな声に仁那は驚く。

『無理、もう期待して傷つくのは嫌なの、お断りします！』とでも叫ぶつもりだったのに、感情はあっさりと理性を裏切った。

「あるよ？　俺は字が上手くなるし、君が快楽に喘《あえ》ぐ姿を堪能できる。なにより仁翔先生はセックスが怖くなくなる。これは俺にとって、最大のご褒美だ」

魅惑的な声がきちんと答えてくれた。

「わたし……男の人と、えっちできるようになれるの？」

期待を込めて、彼女は呟いてしまった。

今まで、誰に挿入されても痛かった。激しく喘《あえ》いで感じるふりをしては、結局は不感症とバレてみじめになるだけで。

——今日は体も楽で、気分爽快だ。とても素晴らしいひとときを過ごしたのだろう。

なのに、昨晩のことを覚えていないなんて、もったいないことをしたと思う。せめて、もう一度きちんと快楽を感じてみたい。

「気持ちヨくなれる？」

自分でも弱々しい声だった。しかし、松代には届いたらしい。

「なれるよ。俺がナビゲートしてあげるんだから」

目と目を合わせられる。

「自信たっぷりに言うのね。……わたしが不感症だって告白すると、みんな『自分こそは』っていう態度を取るのよ」

仁那は寂しく嗤《わら》う。松代は彼女の唇に指を当てた。

「手ほどきその壱《いち》。君を口説こうとする男の前で、元彼の話をするもんじゃない」

独占欲を匂わせる言葉に、社交辞令はいらないと返事をしようとして、口をつぐむ。

男の双眸《そうぼう》が嫉妬で燃えている。は、と息を呑んだ仁那に、松代は今度は慈しみの表情を浮かべた。

「辛い過去があるんだな。その記憶のせいで、踏み出せないのはわかる。だが、一回だけ俺を信じてみないか」

彼を窺《うかが》う。松代は真摯《しんし》な色しか浮かべていない。

信じて、委《ゆだ》ねてしまっていいんだろうか。わからない。

仁那は感情と理性で脳内会議を開いた。

また傷つくのかと怯《おび》える理性と、この人で駄目ならば諦めもつくと主張する感情。

松代は見た目もスペックも、彼女の人生史上最高ランクの男性だ。彼に手ほどきしてもらえるのなら、一生の宝物になるかもしれない。感情の説得に理性が傾いていく。

「条件がある」

松代の声に思考から引き戻された。

「『もう一つのレッスン』のことは誰にも言わないこと」

松代が彼女の唇を指でなぞって、秘密めいた仕草をする。

——どうしよう、彼は自分に『共犯者になれ』と唆《そそのか》している。

迷う時間はとっくに過ぎて、今では背徳が差し出す甘美にゾクゾクしていた。

「俺達の大事な和登にも、ね」

男の言葉に、仁那はやっぱりと思った。

彼は大事な親友である和登に、自分と妹の爛《ただ》れた関係を知られたくないのだろう。

和登だって、妹と親友が恋愛感情なしに男女の関係になったと知ったら、烈火のごとく怒るに決まっている。

……けれど、と仁那は自分に反論する。

今までの自分は羽目を外したことがない。一生に一度、素敵な男性、それも初恋の人と『恋愛ごっこ』を楽しんでみたい。

確かに世間的にはふしだらな行いだし、自分を信用して子供達を預けてくれている親からは非難されるかもしれない。だが、それでも構わない。

こくり。唾液を飲み込んだ。たらたらと自分の体の真ん中を、熱くて甘いなにかが落ちていく。

誘惑は彼女を陥落した。

「わかりました」

「それとも一つ」

「……なんですか？」

松代の瞳があやしい光をたたえて煌《きら》めいている。

悪い男だとわかっているのに、仁那には見惚れることしかできない。

彼が唇だけで微笑む。

「書のレッスンを受けるとき、俺は敬語を使う。あなたは師だからね。でも『もう一つのレッスン』では、お互い敬語を使わないこと。恋愛は対等だから。これが手ほどきその弐《に》」

「わかりま……、わかった」

対等な言葉遣いは承諾のしるし。協定を結んだ瞬間、松代との距離がゼロになった。

ちゅ。

柔らかいものが仁那の唇に触れて、離れていく。

またキスされたのだと、仁那はのろのろと唇に手を当てた。

今の羽のような感触がキスだったのか、いまいち判断ができない。

油断していたとはいえ、こんなに軽やかに触れられたことは、今までなかった。

固まったままでいると、松代がほのかに笑う気配がする。

「ウブだね。キスするたびに初めての女性みたいなリアクションだと、身が保たないぞ。早く慣れるんだな」

「……それが三つ目の指南？」

仁那が松代を見上げると、欲情している瞳で見つめ返される。

「違う。恋に溺れた男女が、相手を欲しくてわかり合いたくて肌や体を重ねるのは、当たり前のことだから」

では、彼は自分を何度も抱いてくれる気があるのか。体が熱くなる。

「手ほどき参《さん》。『もう一つのレッスン』では俺のことを、名字ではなく『武臣』と呼んでくれ」

……たけおみ。彼の名前をそっと、口の中で呼ぶ。『シロさん』と呼んでいたときよりも、はるかに距離が近くなった。

「俺も雅号ではなくて名前を呼びたい。教えてくれないか」

――『仁翔』でもなく、『紫藤瑞葉』でもなく。わたしの本当の名前を呼んでくれるの。

「……仁那です」

仁那は嬉しさと幸せな気持ちになった。

「ニナ。これからよろしく」

次になにが来るのか、仁那もわかっていた。

目を閉じて待っていると唇を甘噛みされ、舌で舐められた。

腰に添えられた手から、男の熱と欲が伝わってくる。

「仁那。可愛い名前だけど、早速ペナルティだよ」

――不思議。松代さん……、武臣さんと相対しているときのわたしは、ガッチガチになっていない。

他人事のように自分を観察していた。

「仁那？」

促されて、仁那はなんとか微笑む。

「君は笑っていたほうが絶対に可愛い」

刹那、仁那はカッと目を見開いた。

「気障《きざ》っ！」

海外で暮らすうちに体得したのだろうか。

賞賛の言葉を生み出すのに、松代はなんの抵抗もないらしい。

思わずツッコんでしまったが、自覚があるのかないのか、松代にはスルーされた。

「商談成立、だな。まずは『手付』を払うよ」

真っ赤になっていたところを、あごを指で持ち上げられた。唇が降りてくる。

今日だけで何度、唇を重ねたのだろう。

困る。

これ以上、キスされるたびに優しく見つめられたり、頬に手を添えられたりしたら。動悸や体温の急上昇に加えて、極楽と地獄を行ったり来たりする、治療が困難な病に罹《かか》ってしまう。それでも、彼からもらえる甘いキスを期待している自分がいる。

カクン、と膝から力が抜けた。自分に限界が来ていることを悟る。咄嗟に、仁那は唇と唇の間に手を押し込んだ。

「……なんで」

男はあからさまに不満そうだったが、これ以上流されるわけにはいかない。

「松代さんが教えてくれる『レッスン』はあなたにとってはお遊びかもしれない。……わたしには一生の問題ですけど！」

「仁那」

松代が咎《とが》めるように彼女の名前を呼んだが、先を言わせなかった。

彼女の『授業』には双方の生活がかかっているのだ。

「『武臣』さん主導の時間はおしまい。今度は松代さんがお稽古《けいこ》する番です！」

仁那がきっぱりと宣言すれば、松代は。

「俺が先にレクチャーしてあげたかったのに」

と言いつつも、渋々うなずいたのだった。

第四章　筆おろし

「では、まず。『筆おろし』からいきましょうか」

仁那は澄まし顔で言う。ただし、真っ赤な頬が彼女を裏切ってはいたが。

松代にこいつ、と睨まれたが、彼女は爽快な気分だった。

「初めて使う筆は糊《のり》で固められていることが多いです」

穂先を触った松代は本当だ、と呟いた。

糊《のり》がききすぎて、刺して貫通こそしないものの、それなりに痛い。……子供の頃、襖《ふすま》に丸を描いて、和登とおろしていない筆でダーツごっこをして大目玉を喰らったのは内緒だ。

仁那は筆の部位を指しながら丁寧に説明していく。

「軸を『筆管《ひっかん》』と言います」

「ひっかん」

松代は呟いて、軽く目を閉じた。

メモをとってもいいですよ、と言いかけて、悪筆に悩んでいる人だったと思い出す。

自身にも読めないとなると、どれだけ勉強に支障が出たのだろう。なのに彼は兄と同じ進学校に通い、首席を維持してきたのだ。目の前の男性は努力の人だと思うと、なんだか泣きたくなる。

だが、あえて仁那は平然とした声で次々と筆の部位を伝えた。……彼が咀嚼《そしゃく》できる時間を十分に与えながら。

「覚えましたか」

素知らぬふりをして問うた。

「毛の部分を『穂首《ほくび》』、毛の先端を『穂先《ほさき》』あるいは『命毛《いのちげ》』、そこから『のど』、『腹』でしたね」

男は小さく呟いては、都度目を閉じる。

仁那は彼の動作を見ながら、ゆっくり進めた。

「そうです。軸に近い部分を『腰』と呼んでいます。命毛から順番にのど、腹まで指でほぐしていきます」

仁那の指示で、ほぐそうと力を込めた後、松代は筆を見つめた。

「硬い」

そうなのだ。子供だと、癇癪《かんしゃく》を起こして机に筆をぶつけようとするほどだ。

「これで人の目を刺してはいけませんよ」

わざと先生っぽく注意すれば、松代も「わかりました」と生徒っぽく答える。くす、と二人で笑い合った。

「次に糊《のり》をおとします」

仁那が水差しからコップに水を溜める。

「穂先、命毛を下にして。水中で、穂首全体を揺らす感じで洗います」

彼女が筆を上げ下げしてみせると、松代も同じように動かす。

「魔女が乗る箒《ほうき》みたいになりましたね」

理科の実験に立ち会っているような、楽しそうな声だった。

――松代さん、ファンタジーなことも言うんだ。彼に対する知識がまた一つ増えていく。

「ふふ、そうですね。……次に、いらない半紙などで水分を吸い取って、形を整えます」

筆おろしは楽しく終えることができた、のだが。

「…………え？」

なぜか見上げた先には天井、背中には畳の感触があった。

視界がくるりと回ったなとは思った。押し倒されたと気づいたのは、生徒……松代に真上から覗き込まれていたからだ。

どうしましたと訊ねる前に、ぎゅっと抱きしめられる。

押しつぶされた自分の柔らかい乳房と違い、岩のように圧迫感のある男の胸。

「今度は俺が手ほどきする」

そっと、彼の大きな手が仁那の胸のふくらみを覆った。

途端、揉《も》まれてもいないのに、心臓がドッドッドッドと激しく鼓動する。

笑みを含んだ声で指摘された。

「仁那の心臓がすごいことになってる」

名前を呼ばれた。嬉しい。呼び捨てされると、こうも親密の度合いが増してくるのか。

心臓の乱打に甘いときめきが混じる。けれど、ほんわかしているのは感情だけで、理性は恐慌状態である。

「いっいきなり……！」

「じゃないよ。さっきキスしただろう？」

「で、でもっ」

キスしてすぐにセックスとは思っていなかった。

仁那がおろおろしていると、松代が子供に言い聞かせるような声で諭《さと》す。

「待っていたところで、仁那はいつまで経っても覚悟が決まらないだろう？」

——ご明察。

彼女が首を引っ込めると、松代から怒ってないよとでも言うように頭を撫でられる。

「仁那へ手ほどきするタイミングは、俺のスイッチが入り次第」

耳元で低めの美声がささやいてくる。

なにをされるのか、と仁那はビクビクしていた。が、松代はなにもしてこない。

……男の重みを感じるのも久しぶりである。潰されるほどの圧迫感はないから、加減してくれているのだろう。緊張と警戒が徐々に解れはじめた。

心地いい体温に、だんだん眠くなってきたところへ耳に男の声が入り込んだ。

「……ところで、予習も大事だが、必要なのは反復だよな？」

まどろみかけた仁那は考えることなく、うんとうなずく。

「確か、初めは固まっていて、髪からのど、腹まで指でほぐしていくんだよな」

彼女は目を見開いた。もしや、『筆おろし』をなぞろうとしている？　『命毛』を髪と解釈している、となると次の『のど』はともかく『腹』は！

「ちょっ……、待っ！」

ちゅ。慌てふためいた仁那の額にキスが落ちてくる。

彼の大きな手の中に、彼女の頭蓋骨がすっぽりと収まる。髪を撫でられた。慈しむような触り方が気持ちいい。

……実は、仁那はヘッドスパが大好きだ。頭皮と髪の毛を弄《いじ》られると、日だまりの猫のように、ふにゃあと緩んでしまう。

「さらさらして手触りがいい。綺麗な髪だ」

低くて男らしい声が柔らかく褒めてくれる。

「髪だけは」

仁那はうっとりと呟いた。

髪の手入れを頑張っておいてよかったと、心底ＴＶ番組のヘアメイクに感謝する。

ちゅ、とまぶたにキスを落とされ、髪を指で梳《くしけず》られる。仁那の体から力が抜けきると、抱き起こされた。

松代は自分の肩に、仁那の頭をもたれさせる。すると今度は彼女の肩を揉《も》んだり、背中をさすりはじめた。

仁那はとろとろになっていく。いつのまにか、しっかりとまぶたを閉じてしまっていて、開けられない。仁那は恍惚《こうこつ》とした表情で呟く。

「気持ちいー……」

「運動部だったからね、マッサージは得意なんだ」

……和登が、一年でレギュラーになったのは数年ぶりと言っていた。

なんのスポーツをしていたのか訊いてみたいが、仁那の脳は絶賛まったり中だ。

「それから腹な」

楽しそうにささやかれて、腹や脇をくすぐられた。途端、パッと意識が戻る。必死に身をよじった。

「あ、ヤぁんっ」

逃げたくても、しっかり拘束されている。一生懸命手を突っ張って距離をとるが、逆に空間ができて、他の場所もくすぐられる始末。

「あ、や！」

たまりかねて大きく体をのけぞらせると、喉をかぷりと甘噛みされた。

「ひゃんっ」

悲鳴のような嬌声と同時に、びくびくっ！　と仁那の体が震える。

「こら、そんな可愛い声を出さない。誘われてるとしか思えないぞ」

男の苦笑に、仁那は慌てて逃げようと試みるが、反対に深く抱き込まれる。

「あ、あのっ」

――わたし、まだ……！　拒む前に、なだめるように背中をぽんぽんと叩かれた。

「はい、俺のレッスン一回目終了」

ぼんやりと松代を見上げると、彼は誠実な目で自分を見下ろしている。

「うん、だいぶ柔らかくなった」

頬を優しく手のひらで包まれる。仁那は、瞳が潤んでいる自覚があった。

「いやだった？」

プレゼントしてもらったエステより、松代の『レッスン』のほうがリラックスできたと思う。

「……じゃなかった、ですけど」

松代は仁那が飲み込んだ語尾を汲んだらしい。頭にぽん、と手を置かれる。

「不得手なことは、慣れるまでに時間がかかる」

あっさりとした言葉に、彼も苦手なことを克服しようと努力中であることを思い出した。

――松代さんと一緒に頑張っていくんだ。

仁那には彼が同志あるいは二人三脚の相手であるように感じる。

彼女が服を整えると、松代は「墨をすってもいいでしょうか」と訊ねてきた。主導権を返してくれるらしい。彼に返事をし、深呼吸をして自分も、『仁那』から『仁翔』へ戻る。

……硯《すずり》の中にある程度の墨汁が溜まったところで、仁那は松代に声をかけた。

「そろそろよさそうですね。では筆を握って実際に書いてみましょう」

まずは書の基本、縦・横・斜めの線を練習してもらう。

……最初から聯落《れんおち》では練習しない。紙がもったいないし、紙が途方もなく大きく思えて心が折れてしまうこともあり得るからだ。

「はい」

男の声つきから、既に緊張しているのがわかる。

彼はおそるおそる筆を持ち上げて、まるで拳からペンが生えているかのように握った。

そのまま半紙に筆を下ろそうとする松代に、ストップをかける。

「松代さん、筆の持ち方は『虚拳実指《きょしょうじっし》』と言いまして！」

魔法の呪文をかけられたかのように、松代がそのままの形で固まってしまった。

――ええと、魔法を解くには。仁那はとりあえず、にこ、と微笑みかけてみた。

「謎の言葉が多いですよね。今言ったのは、手のひらを広く開けて、指先に力を入れる持ち方のことです」

「持ち方があるんですか？」

「そうです。代表的な持ち方は二通り、単鉤法《たんこう》と双鉤法《そうこう》です。……松代さんが書かれるのは聯落《れんおち》サイズですので、双鉤法《そうこう》がメインになります」

松代がタンコウホウ、ソウコウホウと呟いている。

「単鉤法《たんこう》は小筆で小さな文字を書くのに適しています」

要は字のサイズにより持ち方を変えるということだ。

そして、彼にとってのメインの握り方を教える。

「双鉤法《そうこう》は大筆で書くときに使うといい持ち方です」

松代が食い入るように、筆を取る仁那の指を見つめた。

親指・人差し指・中指で筆管《ひっかん》を持ち、薬指を添える。

「手のひらと筆管《ひっかん》との空間にピンポン玉が入るようなイメージです」

見よう見まねで、松代が仁那と同じ形に筆を持った。

「はい、上手です。形が崩れたら何度も握り直しましょう」

松代がうなずいた。

……しばし握り方を練習し、仁那がふと時計を見ると、かなりの時間が過ぎていた。休憩をとることを告げると、了承した松代の表情と声が生き生きしたものになる。

手洗い場所を教えて、仁那は彼より先に立ち上がった。

「お茶を淹れますね」

台所から松代の様子を窺《うかが》えば、立ち上がって伸びをしているようだった。……松代がねぎらってくれた通り、慣れないとどうしても力んでしまう。男も肩が凝《こ》ったのだろう。

「松代さん、こちらへどうぞ」

台所へ来るように呼びかけたものの、プライベート空間に入ることをためらっているようだ。

松代の奥ゆかしさを好もしく感じながら、仁那は重ねた。

「ずっと正座しっぱなしだったから、脚、疲れたでしょう？　この家、椅子は台所にしかないんです。ここは生徒達がお昼を食べるのに使ってますので、遠慮なく」

「では」

彼は仕切りの低い建物に慣れているのだろう、さりげなく体を傾けて鴨居にぶつからずに入ってきた。

松代はキョロ、とあたりを見回し、テーブルの上に目を留めた。

「……見覚えがある」

彼の呟きで、仁那もその視線を辿る。

すると、松代の見ているものがなにかわかり、彼女は真っ赤になった。

昨日、松代にもらったブーケの一部。

帰ってからすぐに水切りをして、茎が折れていたり萎《しお》れた花を束から抜いて、小皿に浮かしていた。

……もう彼に会えないと思っていたから。少しでも思い出を残したくて。

「こ、これはですね……！　花達に最後まで生きてほしいと言いますかっ」

「玄関の花瓶にも、俺が贈った花束を飾ってくれていたな」

「あ。あの」

この男は、仁那が見逃してほしいことをそのままにしておく気はまったくないようだ。

「正直、今までたくさんの女性に花束を贈ってきたけど、その行く末を見届けたことはなかったんだ」

——松代さん。いくらわたしが女の数に入っていないとしても、正直すぎる。

仁那がムッとしていると、松代がニヤリと笑う。

「妬いた？」

「な……っ」

図星だった。

「俺が今までいたところではね、相手のパートナーに花束を贈ると円滑に運ぶんだ」

なんだ、そうか。ほっとしたのも束《つか》の間、松代から綺麗なウインクを贈られる。

「大丈夫。これから想う女性として贈るのは、仁那一人だから」

全っ然大丈夫じゃない！

仁那は自分が照れているのか憤慨しているのか、わからなかった。ただ、茹《ゆ》でだこになっている自覚はある。

「ま、冗談は置いておいて」

……そしてガックリと落ち込む。どうして自分はこんなにもちょろいんだろう。

「真面目な話、こんな風に大事にしてくれてるんだとわかると、照れるね」

本当におもはゆげなので、仁那は松代から目が離せなくなった。

……喋っていないと間が持たない、でもこの空気を壊したくない。仁那がそう思っていると、ヤカンがぴーと鳴った。

救われた思いで立ち上がり、コーヒーメーカーをセットする。

コーヒーがぽとぽとと落ちている間、仁那はカシューナッツとクッキーを別々の皿に載せ、松代に差し出した。

「どうぞ」

「コーヒー？」

松代が驚いたような表情を浮かべる。

「はい。わたしが好きなので。……書道教室だから、お抹茶か日本茶が出てくると思ってました？」

仁那はくすりと笑った。

松代は『思ってました』と言うんだろうな、と予想する。ところが。

「仁翔先生は、和菓子はお嫌いですか」

彼女がたじろぐほど、まっすぐな目だった。

予想外の反応に戸惑いながらも、仁那はきっぱりと答える。

「大好きです」

「よかった」

男の邪気のない笑顔に、仁那はしばし見惚れてしまった。

……仁那が淹れたコーヒーを飲みながら、松代がさりげなく台所内をチェックしているのがわかる。

祖母宅は古さを生かしつつも、家電や設備などはきちんと新しいものを揃えている。

しかし、調理器具はほとんど見当たらず、冷蔵庫やポット、電子レンジに浄水器くらいしか置いていない。

がらんどうの食器棚には生徒の作品や写真などが貼られており、展示スペースとなっている。

緊張するが、部屋も服装も字も、どれもが人を表すものだとすれば、この部屋も自分だと仁那は思う。

「この部屋は食堂だと思うんだけど、不思議な空間だね」

松代が呟いたので、彼の考えていることがわかった気がする。

生徒が使うと言うだけあって、台所は楽しい雰囲気に仕上げてはいる。

しかし、妙に生活感の少ない空間でもあった。

「暮らしている匂いが感じられないでしょ？」

仁那が茶目っ気たっぷりに訊くと、松代は素直にうなずいた。

「……と、思いはするが、掃除は行き届いているし手洗いも清潔だった」

「ありがとう」

玄関には水を打っているし、板の間も毎日乾拭《からぶ》きしている甲斐あって艶《つや》光りしている。

おばあちゃんのまねをしてよかったー！　仁那は天国の祖母に感謝する。

「廊下や玄関、教室にも何枚か書が飾られているね。二種類あるようだけど」

「先代……祖母とわたしのをちょっとずつ」

デモンストレーションもかねて。書というものは通信道具でもあるけれど、飾って見てもらうべきではないだろうかと仁那は考えている。

「先代も趣味がよかったのだろうけど、仁那もセンスのよさを引き継いだんだろうな」

松代に褒められて、仁那は嬉しさのあまり体をぐねぐねさせたい気分だった。

だが、我慢してにっこり微笑むに留める。

「民泊にすれば、海外からの観光客に受けるかもしれない」

松代がくれたアドバイスは予想外で、仁那は目を丸くした。男が微笑む。

「ニッポンを訪れた人々が、無機質で刺激的なトーキョーだけを望んでいるわけじゃない。それに日本人でも、この雰囲気を好む人は多いと思うよ。この家は心地いいから」

「家を褒められると、おばあちゃんを褒められてるみたいで嬉しい」

仁那はニコニコして、コーヒーカップを少しだけ傾け、ゆっくりと飲む。

彼女の様子をじっと見ていた松代が呟いた。

「仁那は猫舌なんだな」

「バレた？」

めざとい人だな、と思う。けれど、隠すことではないので素直にうなずいた。

「ふうふう息を吹きかけながら、ゆっくりと飲んでいるのを見ればね。……俺に供するために、普段よりも熱く淹れてくれたの？」

愛おしいとか、慈しみとか。

そんな表情を向けられて、仁那はどうしていいかわからない。

……初めて会ったときの超極寒塩対応からの激変ぶり。

エッチしたからかな、と思うと顔が火照《ほて》りそうだった。

男から目を逸らしたくて、無駄に立ち上がって再びヤカンをコンロにかける。

松代は、自分のような通りすがりの女でも、体を重ねた相手にはこんなに優しいのか。

男の今までの恋人に思いを馳《は》せてしまい、ちくんと胸が痛くなる。

「この食器棚の中に貼ってあるのは生徒達の？」

コンロの前から戻ってこない仁那に、松代が話題を振ってくれた。

仁那は勢いよく首肯する。

「他人の字を見るのも勉強なんです。それに、書を見ていると面白いんですよ。普段は大雑把なのに神経質な字を書く子がいたり」

かと思えば、普段は目立たないのに紙からはみ出しそうな字を書く子もいる。

「字には本当の性格が現れるのかもしれません」

言葉を結んだ瞬間、松代が少し悲しそうな顔をした。

まずかったかな？　と思いつつ、仁那はわざと眉を寄せて厳《おごそ》かに言った。

「当たってると思うんですよ。例えば、ご自分にも読めないという、松代さんの字」

あからさまにびくん！　と体を揺らす男を、仁那は痛ましいと思う。

だが、素知らぬふりをして話を続ける。

「常人にはわからない難解な性格ってことでしょう？」

悪口か褒め言葉かわかりづらい彼女の言葉に、松代は黙ったまま、続きを促す。

「本人にも自分の考えが読めない。松代さんてば、確かに複雑怪奇で奥が深すぎですよね！『迷宮男』とかって、あだ名をつけられませんでしたか」

言ったな、と呟いた男は身を乗り出して、仁那の鼻を摘んだ。

松代の双眸《そうぼう》から切ない色は消えて、キラキラしたものが戻ってきている。

「仁那は自分の生徒達のことを嬉しそうに褒めたり、成長を誇らしそうに話すね」

「自慢の生徒達ですから！」

鼻をさすりながらも仁那が堂々と言えば、松代が少し不機嫌そうになった。

「少し妬ける」

呟いて、そのまま仁那をじっと見る。

「え」

こんな完璧な人が小学生相手に嫉妬するの？

でも、競争種族《オス》としては、ライバルがどんなに幼《わか》くても気になるのかもしれない。

「……あの。松代さんのことも、褒めますよ？」

「嬉しいけど、それとは違う」

なんとなく男が拗《す》ねているような気がして、仁那は松代を見つめた。

彼は眩しそうに目を細める。

「昨日と今日とで、仁那への印象が完璧に変わった」

ささやかれて、仁那は固まった。

どうした、という風に見られて、彼女はおそるおそる質問してみる。

「ど、どう変わったんですか？　尼僧《にそう》だと思ってたら変な女だったとか、喪女《もじょ》とかですか」

彼女の言葉に、松代はきょとんとし、次いで破顔した。

「違うよ。地味な女性だなーと思ったけれど。本当の仁那は華やかだ」

松代が腕を伸ばしてくる。

なにをするんだろうと男の動きに見入っていると、頭に触れられた。

髪がふぁさりと広がる。

は、と見れば、松代から贈られたブーケを束ねていたリボンが、男の手の中にあった。今朝から髪を結んでいたものだ。

「あ、あの。他意はなくてですねっ」

――絶対に気持ち悪いと思われた！　あわあわと手を振りながら仁那は弁解する。

「言い訳させてもらえば、リボンが美しかったし長さも完璧だったんです！」

なにかが目にしみたのだろうか、松代は目を手で隠して上を向いた。

「松代さん？　どうかしたの」

「……無自覚とか。仁那は恐ろしい女だな」

せっかくのリボンを取り上げられたくない。

「さ、サスティナブルというかですね、違うかリサイクル？　……微妙だな。とにかく！　一回限りで捨てちゃうの、もったいないな、って！」

必死で言葉を重ねていると、松代は持っていたリボンを彼女の唇に押しあてた。

「髪を下ろしたほうが色っぽいのに」

……もしかして、褒められたのだろうか。嬉しい。

仁那が照れ隠しでにへと笑うと、松代は彼女の髪で遊びはじめた。仁那はもじもじしたいのを我慢する。どう反応したらいいのだろう。

「……仕事だから束ねてるんだろう？　だったら、プライベートでは外せばいい」

松代は己の指に仁那の髪を巻きつけたまま、彼女の頬に手を添えた。

「君は生徒への慈しみに満ちた人だ。仁那は滋養の滋に美しいで、『滋美《じみ》』な人」

瞬間、脳が活動を停止した。死ねる。

「そんなこと、初めて言われたぁ」

自分の人生で過去も未来も含め、これ以上の言葉はあるだろうか。

もう、なにも思い残すことはない。

仁那は目に涙を溜めながら、それでも嬉しさを伝えようとして微笑む。

松代が困ったような笑みを浮かべた。

「あんまり可愛いと、がっつくのを我慢したくなくなるんだけど」

恐ろしいことを言われて、涙がひゅんっと引っ込んだ。

彼女の状況を瞬時に理解した松代が、小さく呟く。

「……まだだめか。手強いな」

ということは、これは男のレッスンの一部だった？　モテ男の口説きテクを見せつけられた。

なんて恐ろしい。おそらく今の自分は、世界的に有名な嘆きの絵画、あるいは劇画タッチなイラストのような顔をしているんだろうなと思う。

「仁那はこの家に一人で住んでるの？」

……雰囲気を変えるためだろうか、松代が明るい声を出す。

コーヒーを飲むと、仁那は答えた。

「ううん、実家で暮らしてる」

「ん？」

「ここは高坂流の初代師範だった祖母の家。開校以来、ずっとここで書道教室をやっているの」

けれど祖母が亡くなってから、この家には誰も住んではいない。

「そうか。仁那のご実家は近いのか？」

松代の問いに仁那は首を横に振った。

祖母宅から実家は、電車で三十分程度離れている。

仁那としては正直、この家に住んでしまったほうが便利なのだが。

家族が、というよりは和登がやかましいので実現していない。

「……家って、誰も住んでいないと、傷むのが早いって言うんだけどね……」

小さく呟いた仁那の声を、松代は聞き逃さなかったらしい。

「仁那。相談なんだが、俺をここに住まわせてもらえないか？」

「え？」

まったく予想していなかった台詞《せりふ》だったので、仁那は思わずぱちくりとまばたきをした。

「……冗談でしょ？」

「俺は本気」

言葉通り、男の顔はとても真剣だ。

しかし、なんで松代がそんなことを思いついたのかわからない。彼なら都心の高級マンションとか、申し込みフォームの住所欄に書いてあったホテル暮らしが相応しいと思う。

仁那は翻意させようと試みる。

「……だって古いし……駅からも近くないし、松代さんみたいな人には似合わない」

苦笑された。

「俺みたいなってなんだよ。家賃払えそうにないってこと？」

「違っ」

仁那は慌てて弁解しかけ、再び松代に問うた。

「……本気なの？」

「本気も本気。本気と書いてマジと読む奴」

大真面目な表情と冗談交じりの返事に、仁那は笑ってしまった。

「帰国したばかりで、まだ部屋が決まってないんだ。ここなら、俺が働こうとしている会社からも近いし」

「あの」

「一階はどんな間取り？」

断ろうとした。なのに、続きを言わせてもらえない。

周りを見回しながら訊ねられて、仁那はつい正直に答える。

「一階は六畳二間と八畳の部屋を一つにして書道教室として使っている他、玄関と台所でしょ。あと、風呂場とトイレも使えるようになってる」

「……トイレはわかるけど、風呂場はなんで？」

「全身、墨だらけになっちゃう子が多いの」

仁那が困ったように言えば、松代も笑いながら納得してくれた。

「さっきトイレを借りたら、奥に階段があった。ってことは二階があるのかな」

「うん。四畳ずつ、二間」

二階は廊下を挟んで一間ずつ。

庭側の部屋には大きな物干し台がついていると教えたところで、松代が苦笑した。

「仁那、馬鹿正直に答えちゃだめだ。防犯意識が低いぞ」

男の指摘に彼女はあ、と手のひらで口を隠す。

「もちろん、俺が仁那を守る。だから安心して」

松代が悪い笑みを浮かべた。

それってどういう意味？　と、仁那が悶々《もんもん》としているうちに、松代はさくさくと話を進めていく。

「この家は電気と水道だけでなく、ガスも来てるよな。仁那、このあたりの相場の家賃と、この家全体にかかる光熱費を払うよ。どう？」

「待って。昨日会ったばかりだし、いきなり言われても……」

仁那は困惑する。

職種上、不特定多数の人間が出入りする家ではある。しかし、ほとんどがご近所の子供達だ。いくら和登の親友とはいえ、親しくもない男性を祖母の家に住まわせるのはいかがなものか。

彼女が悩んでいると、松代はぱちりと指を鳴らした。

「うん、合格」

「え？」

「ここで了承してもらえるのは嬉しいが、それではあまりに危機感がなさすぎる」

松代の言葉に仁那はほっとする。

恋の手ほどきとどう関連するのかわからないが、これも彼のレッスンの一環なのだろう。

「俺に対してはいい。これから仁那と一緒に行動するからね。でも、俺がいないときは、周りの男どもにもっと警戒してほしい」

……まただ。彼の言葉の意味は、仁那には微妙にわからない。

「家主は仁那だ。君の許可なく、この家に他の人間を呼んだりはしない」

松代が頭を下げた。

「頼む。今は一分でも惜しい。この家にいたら、君に……仁翔先生に見てもらいながら練習できる」

畳みかけられたが、なおも判断ができない。

「とりあえず一ヶ月、集中して教わりたい。……もちろん、そんな短期間でモノにできるとは思っていない。土台ができたら、会社に入って仕事をしながら通う」

松代が言いたいことはわかる、が。

仁那はいまさら､彼との授業が男性と密室での個人レッスンであることに思い至った。彼女にとって、松代こそが最大限に警戒しなければならない相手だ。

——ううん、松代さんは最初から『イケナイことをしよう』と誘ってきている。自分が危ない人物だと注意喚起してくれているのだ。

不思議なことに、たとえ同居しても彼女がセックスの手ほどきを断れば、松代は手を出してこないだろうとの確信がある。彼の提案に乗るか断るかは、自分次第なのだ。

松代は熱心に口説いてくる。

「確か、授業が入ってないコマは個人レッスンを入れることができるんだよね？　四レッスンで一万円なら、一レッスンにつき、二千五百円払えば教えてもらえるってことでいいのかな。場合によっては、子供達と一緒でも構わない」

彼の言葉はいちいち魅力的だった。

現在、書道教室の経営はかろうじて黒、という状態。家賃と光熱費が入るのは、正直ありがたい。

この家だって、精一杯手入れをしているが、住んでいるのと通いではまったく違うだろう。

和登の友人だから、人となりについては信用できる。

仁那は彼がこの家に住むメリットを頭の中に何点もあげた。長考し、ようやく。

「いいです……よ」

仁那はおずおずと口を開いた。

ここに松代が住むことを、和登に言っておかなければ。

兄は驚くだろうか、もしかしたら面白がるのかもしれない。

けれど、松代がこの家に住むに至った経緯は白状させられるだろう。なにせ、『腹芸のできない女』とプロデューサーや放送作家に言われまくっている仁那である。

両親は意外とツッコミなど入れずに彼女を見守ってくれるのだが、兄は違う。

中途半端に伝えると、和登にあれこれ詮索される。すると仁那は隠し切れないのだ。

いずれにせよ、酒瓶とつまみを携えて乗り込んでくるのは確実である。

――それとも、この家に住むことすら、やっぱり内緒にするのかな。

「決まり。じゃあ、仁那も今日中に荷物を持ってくるように」

松代はにっこりと笑っているが、仁那は面食らう。

「……は？　松代さんが住むんでしょ？」

「俺の話を聞いてたよな？　教えてもらいたいときに君がいないと困るじゃないか」

松代はさも当然とばかりに言い放った。

……それって、わたしと離れがたくなった、ってこと？　と、ときめきかけ――いや、違う。だめだ勘違いするなと、脳内の自分が警告を発した。

なのに、体は期待でじんわりと熱を持ちはじめる。頬もきっと赤いだろう。

「じゃ、夕飯までに戻ってこよう」

答えあぐねていると、松代は出かける準備を始め、あまつさえ仁那にまで実家に荷物を取りに行かせようと急き立てる。だがしかし。

「待ってください！　いくら和登の親友とはいえ、男の人と一緒に住むなんて！」

「……俺とセックスまでしておいて、まだアイツを気にするのか？」

松代の表情と声が極寒である。が、怯《ひる》んではいられない。

「有無を言わさずホテルに連れ込んだのは、あなたじゃない！」

仁那は抗議する。

「同意したのは君だ」

「ど、同意したというか、事後承諾だったというか……」

往生際悪くゴニョゴニョと呟くと、松代はわざとらしくため息をついてみせた。

「あのね。この際、昨日のことは置いておく。けれど今日交わした、俺と君との契約は締結している。素敵なキスで記憶が飛んでいるのかもしれないけれどね」

なまめかしい笑みを寄越されて、仁那は照れ隠しに大声を出した。

「この自信過剰男！　キスぐらいで忘れるもんですかっ。……あ」

サッカーで言うところのオウンゴールだが、負け犬の遠吠えのごとく抵抗してみる。

「わ、わたしにだって、予定があるんです！」

三ケ月にいっぺんくらいは女子高時代のクラスメートと映画や食事に出かけたり、カラオケで遊んだり。

半年にいっぺんくらいは大学時代の女友達とおすすめの舞台を観に行ったり、スパへ行ったりする予定が。

「予定があるの？　君に？」

流し目で問われて、仁那はたじろぐ。

「ホームページで、『仁翔先生』のスケジュールを確認した。ほぼ毎日、コマ単位で授業が入ってる。『仁那』個人の予定が優先されているとは思いがたい。どうやって、恋人とのデートの時間をやりくりしてるんだ？」

詰んだ。

「それとも仁那の恋人は、ショートタイムしか割いてくれない君を許すほど、寛大なのか？」

……出かける相手が男性だと思われているのは、光栄と思うべきなのかもしれない。

友人達の多くは土日祝日が休みだ。

不定期勤務である仁那が彼女達と遊べるのは、月一回くらいである。それも、彼女達に恋人との約束が入ってしまえば、数ケ月は簡単に予定が合わなくなる。

「やん……っ」

急に松代が顔を寄せてきたので、思わず反応してしまう。

仁那の瞳を覗き込みながら、松代は唇すれすれの距離でささやいた。

「俺の『レッスン』は始まったばかりだ。……君は、眠っていた感覚を俺に揺さぶられて、もっと先にあるものを体感したくなっている。あれだけでは満足できないだろう？」

指摘されて、彼女は思わず脚のあいまに意識がいく。

蕩《とろ》けて蜜をこぼしている自覚があった。努めて平静を装っているが、まだ甘い疼《うず》きが残っている。

「同居していれば、両方のレッスンをすぐに行えるから、効率がいい」

松代は黒い笑みを浮かべた。

「約束しただろ。俺が仁那を連れていってあげるよ、快楽の果ての絶頂に」

なまめかしい表情をした松代が仁那の唇を親指でなぞりながら宣言する。

色気にあてられて、仁那はもはや自分が立っているのか座っているのかすら、わからなくなっていた。

……松代に説得されたがっている自分がいる。

「反復しないと身につかない、と俺は言った。君も同意したよね？」

――ひと月の間に、あんな時間をまた作ってくれるのならば。松代が諦めないでくれたら、セックスが怖くなくなるかもしれない。

諦めていただけの心に、光が一つ灯った気がした。

「ずるい」

期待を見破られたくない彼女は、それだけ言うのが精一杯。

松代にくいと指であごを上向かせられた。悪い男は仁那が堕《お》ちてくるのを確信している。

「その顔は了承だね。いい機会だから、親離れしておいで」

「う」

言い返せない。

親ではないが、確かに和登の目がないところで自由に過ごしてみたかった。

……これも言い訳だということは、仁那自身にもわかっている。

だが、自由に羽根を伸ばしてみたい。この人と甘い時間を過ごせるかもという期待が、知り合ったばかりの男性と同居することへの危惧より上回った。

仁那がコクリとうなずくと、松代は立ち上がった。

「決まり、だな。善は急げ。……と言いたいところだが。仁那、掃除は必要？」

「毎日、風は入れてるんですけど」

トイレは毎日掃除してる。けれど、どうしても使っていないところは埃《ほこり》くさい。

「じゃあ、荷持を取りに行く前にやっちまおう」

掃除用具のある場所を教えると、松代は靴下を脱ぎ、腕をまくりはじめた。

服から露出した腕や足が男らしくて、仁那は唾を飲み込んでしまう。――思い出した。

「あの」

仁那は、書道用具を納めている押入れとは別の納戸から、包みを取り出した。

「これ、なに？」

差し出すと、松代は怪訝《けげん》そうな顔をしながらも受け取る。

「わたしや生徒達は『道着』と呼んでいます」

松代が包みを開けると、オレンジ色の長袖のツナギ、いわゆる作業服が出てくる。

男の美しい目が真ん丸く見開かれた。……『道着』を渡された大人は大抵固まるのだ。

仁那は笑い出しそうになるのを懸命に我慢して、わざと真面目な声で説明する。

「うちの教室の制服なんです。生徒さんには墨の落とし方を教えているんですけれど、どうしても墨が跳ねてしまうので。お母さん方にも好評です」

書道教室がない日でも、この道着に着替えてから遊びに行く子も見かける。

親近感を覚えるのか、消防署の隊員達も子供達を構ってくれる。

『視認性もいいので安全』と町内会も温かい目で見守ってくれていた。

「……俺にもこれを着ろって？」

子供扱いするのかというムッとした声に、仁那は澄まして答えた。

「はい。結構、墨をつけてらしたでしょう？」

彼女の言葉に、松代はあちこち見回す。

そして、服に点々と飛んでいる墨を見つけて、あれ、という顔になった。

仁那の顔がほころんでしまう。

「実際、立派なスーツのまま習いに来られて墨をつけてしまい、半泣きになる男性は多いんです」

女性は、普段から化粧品や料理が跳ねるのを気にしている人が多い。教室に来るときは汚れても構わない格好で来るが、それでも『道着』を購入したがる。

「男性でお薦めするのは、特別な方だけなんですよ」

仁那は茶目っ気たっぷりに言ってみた。

「俺が特別ってこと?」

松代に色気溢れる表情を向けられて、くらりとする。

——耐えろ。彼のお色気攻撃に、十回に一回くらいは立ち向かってみせる!

「……ええ」

秘技、にぃぃぃっこり。余裕たっぷりな笑みを浮かべて無言を通す。仁那とて、これくらいならできるのだ。

「……わかった」

仁那が折れないのを見てとって、松代が白旗をあげる。

「大人用は税抜きで二万五千円です」

澄まして告げた言葉に松代はぎょっと目を見開いた。

「貸し出しじゃなく?」

「もちろん、買い取りです」

えっへんと胸を張って言えば、松代の顔に『こいつ』という表情が浮かんだ。

「仁翔先生、実はレッスン料じゃなくて、このツナギで儲《もう》けてるんじゃないですか?」

文句を言いながら、松代の目は笑っている。

「アコギな商売してるって言われない?」

「失礼な!　……それほどでもありますねー」

まったくもう……と文句を言いながら、松代はキャッシュで支払ったのだった。

「松代さん、拗《す》ねると小学生みたい」

失礼だが可愛い。からかえば牙を剥《む》いてくるのがわかっているのに、つい言ってしまう。

次の瞬間、松代はニッと笑うと、目の前でいきなり服を脱ぎはじめた。

「な、なにをっ！」

「ん？　洋服の上から着るとゴワゴワするから、このほうが機動性が高い」

言いながらどんどん裸に近くなっていく。

綺麗に割れた腹筋、筋張った腕や足。筋肉の盛り上がった肩や背中に太もも。

見えた瞬間に全力で横を向いたが、しっかり網膜に焼きついていた。

「だとしてもっ。なんでセーターと一緒に下のTシャツまで脱ぐんですか！」

――うわああ、ぴっちりとした黒ビキニ！　ご馳走様、じゃなかった、こんなの穿《は》く人ほんとにいるんだ！

今後セクシーな夢、いやいや変な夢を見たらどうしてくれるのか。

部屋から退散しようとするも、出入り口は男の後ろである。というか、いつのまにか仁那は壁際に追い詰められていた。

「俺は『小学生』レベルだからね。ほら、子供の頃って男どもは女の子の前で平気で脱いでたろ」

松代は裸体を誇示するかのように、ゆっくりと着替えている。

仁那が『見たい、でも見るとまずい』という葛藤から、酔っ払ったイカのように手を振り回しているうちに、彼は道着姿になった。

「これで仁翔先生の生徒っぽくなった」

両手を広げて、にっこりと笑いかけてくる。

きゅん、と仁那の体のどこかで音が鳴った気がした。

男に渡したのは特Lサイズ。大人の男性でも袖や裾を折る人が多い中、彼が着ると丈が少し短い。

松代の、日本人男性の平均身長を余裕で上回る、背の高さと手脚の長さ。さすがである。

「よし。始めるか」

「あ、は、ハイ」

松代に指示されてしまった。

……それからは必要なこと以外口をきかず、二人でせっせと働く。

意外だったのは、松代のほうが障子や畳、板張りの廊下の掃除方法を心得ていたこと。

仁那は松代に教えてもらいながら手入れをした。

二人で家の全ての窓を開け、雑巾を固く絞って畳を拭く。扉も全て開け、棚や押入れの中の空気も入れ替える。客用にしまってあった布団を二階で干した。

なんとか掃除が完了したのは、おやつどきだった。

「お疲れ様でした」

お茶請けを出して、縁側で桜を見ながら一服する。

ここから見る桜は、写真に残しておきたいほど美しい。

「いいねー……。この桜を見たときから、ここでお茶をしたかったんだ」

満足そうに言う松代の横顔を盗み見る。

松代が湯飲みと桜餅《さくらもち》を交互に口にする姿に、惚れ惚れしてしまう。

まるで映画のワンシーンのようだ。

「他には？　この家の見どころ、桜と仁那の他になにかある？」

……わたし？

松代はちょいちょい口説き文句に聞こえるものを挿入してくるので、仁那の心が浮き立ってしまう。

騙されてはいけない。そう自分に言い聞かせて、あえてスルーした。

「物干し台から見る花火や、冬空の星が最高なの」

「へぇ、楽しみだな。仁那、俺と一緒に見よう」

しかし、男からの言葉は、とうとう仁那の限界値を超えた。

「……あのねっ、松代さん！　そんなこと言いまくってると、世の女性に誤解されますよ！」

「そうか？」

「そうですよ！」

「仁那も？」

「もちろんっ……ではなくてですね！」

仁那が必死に訴えるのに、松代はにっこりと笑うばかり。

「大丈夫。仁那以外に言わないから。世の女性は誰も誤解なんてしないよ」

「〜〜っ！」

……数秒、仁那が真っ赤になって言葉を喪失したのは仕方がないだろう。

「こういうときの日本での慣用句は『根が生える』……で、合ってたっけ？」

お茶を飲み終えると、松代は立ち上がり服を着替えた。

洗練された雰囲気に戻ってしまったことが、仁那には少しばかり寂しい。

「まったりしてると余計動きたくなくなるからな。じゃあ、夕飯どきにまた会おう」

それぞれ、今の居住地から荷物を持ってくるのだ。

戻ってきたら合流して、夕飯を食べに出かける。

それから、近くの店に生活用品を二人で買いに行く計画である。

松代に促されて、仁那はこっくりとうなずいたのだった。


自宅に入る前に思いついて、仁那は併設している『文房四宝』に寄った。

店番をしていた母によれば、幸いなことに和登は硯《すずり》になる石を探すための旅行中。

ちょうど松代が見学に来た日から泊まりがけで、あと数日は留守にするという。

仁那はおおいに安心した。

やはり『今日から松代さんと暮らすから、家を出るね』なんて、和登にはとても言えない。

言ったら最後、どんなことになるか。

緊張のとけた仁那は、ハミングしながら店舗兼工房から自宅部分の自室に向かう。

姿見に目をやった彼女は思いついて、ワンピースに着替えた。束ねていた髪も下ろしてみる。イベント出張のときにしかしない化粧も施してみた。

……だからだろうか、母には祖母の家で住むことにしたとしか言わなかったのに。生暖かい目で『しっかりやりなさいよ』と声をかけられた挙句、親指を立てて送り出された。

荷物を持って祖母の家に戻ると、松代が既に門のところで待っている。

「すみません、お待たせしましたっ」

慌てて走り寄った仁那は、まじまじと見つめられて不安になった。

どこか変だったろうか。あるいは肌の疲れを誤魔化すための化粧が濃かったのだろうか。もしくはワンピースが流行遅れだったかもしれない。

彼に綺麗だと思ってほしかったのだが、裏目に出たらしい。

「……どうかしましたか？」

しかし、小さな声で訊ねてみれば、微笑んでくれた。

「見惚れた」

ストレートな言葉に、仁那の頬が染まる。

「華やかでセクシーだ。さっきも言ったけれど、いつも髪を下ろしていればいいのに」

そっと頬に触れられ、仁那は慌てた。

「いえっ！　生徒に浮ついたところを見せると、示しがつきませんのでっ！」

「固いなー」

「きょっ、教師ですから！」

むにゅ。鼻を摘まれた。

「ニーナ？　どれだけペナルティをもらえば、覚えるのかな？」

「そう言われましても」

同い年にもかかわらず威圧感ありまくりのこの男に、タメグチというのはなかなか難しい、が。

このまま頑固に敬語を使えば、どんな『ペナルティ』を科されてしまうのか。考えたら怖いので大人しく従うことにした。

「……ウン……」

「夕食を食べながら、今後のスケジュールを相談したい。あと冷蔵庫の中も補充しないとな」

仁那は目を丸くした。

「どうした？」

「松代さん、ご飯作れるの？」

「ああ、長く一人暮らしだったからね、そこそこは。ただ、国によっては外食のほうが安くつくこともあるし、簡単なものくらいだな」

もしかしたら、自分より上手かもしれない。そう思い、期待されると申し訳ないので申告してみた。すると、ぽんと頭に手を置かれる。松代は仁那の目を見て笑いかけた。

「大丈夫、二人で作ろう。今日のところは働いたし、いくつかこの辺で評判の店を見繕《みつくろ》っておいた。仁那が行きたいところはあるか？」

荷物を各自の部屋に入れて、来た道を駅のほうまで戻ることにした。

「あの」

「うん？」

「手が」

松代の手が仁那の肩を抱いている。

気になってしまい、仁那の右足と右手が一緒に出ている。

「ああ、悪かった」

松代は軽く謝ると、肩から手を放してくれた。ほっとしたのも束《つか》の間、今度は手を絡められた。

いわゆる、恋人繋ぎという奴である。すり……と、指の股を擦《こす》られて、腰にじんわりとなにかが生まれた。

「あ、あのっ、手に汗をかいてて！」

「仁那は注文が多いな」

仕方ないなといった様子で手を解放してくれたが、頭にキスを落とされ、ウエストあたりに手を添えられてしまう。

「手ほどきその肆《し》の習熟度はまだまだだな。外出のたびに『補講』するから、そのつもりで」

身をよじった分、抱き寄せられて密着してしまった。

——し、ってことは。松代さんの手ほどきその肆《し》は密着するってこと!? 無理っ、できない！ ……でも嬉しい。恥ずかしい、照れる。汗が気になるっ。シャワーを浴びてくればよかったぁ。

松代との往来での接触に許容量オーバーになった仁那は、笑いをこらえている松代や、美形の男性の連れがどんな女性なのかを見定めようとしている視線に気づかなかった。

「仁那、イタリアンでいいか？」

駅前の洒落《しゃれ》たレストランに案内される。松代が調べてくれた店は、ちょうど仁那の馴染みの店でもあった。

「ボナセーラ！」

ウエイターが陽気に声をかけてきて、松代が二名だと告げる。

「こんばんは。また、寄らせてもらいましたー」

ひょいと、仁那が男の後ろから顔を覗かせて挨拶すれば。

「え。仁翔、せんせ……い……？」

いつも声をかけてくれる男性スタッフが、彼女を見て固まってしまった。

なにやら意味ありげに彼を見た松代が、仁那のウエストに回した手にさりげなく力を込める。

そして艶《あで》やかな表情を浮かべ、スタッフの誘導に従って仁那を奥の席へとエスコートする。店内の女性の目が松代の動きを追っていた。

「ここ、なんでも美味しいんですよ！」

仁那はアーリオ・オーリオ・エ・ペペロンチーノを選んだ。

松代は四種類のチーズとアンチョビをトッピングしたピザとバーニャカウダ。それに子牛のカツレツ、鶏肉の香草ガーリックソテー。

「がっつり食べますねー」

ほええと目を丸くした仁那に、松代はニヤと笑んだ。

「腹が減っては戦ができぬ、だろ？」

戦がなにを指しているのかわからない。この後に控える買い出しのことだろうか。

松代はスタッフの給仕を断り、仁那に微笑みかけると手ずから料理を取り分けてくれる。

そしてグラスを掲げた。

「今日はなにに乾杯しようか。そうだな、二人の輝かしい未来に乾杯」

これも松代語の一つ。『輝かしい未来』を『同居』と脳内変換した仁那も、グラスを掲げる。

「乾杯」

キャンドルの灯りに、揺らめく松代の姿。

彼は世界中を回ってきたらしく、仁那が興味を示した国を、独自の観点で楽しく説明してくれる。

彼女が感想を言えば、大事な人を見るような瞳で見つめて耳を傾ける。

――まるで、デートみたい。ワインの酔いも相まって、彼女はウットリと松代に見惚れていた。

食事を終えて、会計を松代がまとめて払う。仁那は、男に自分の食事代を払おうと躍起《やっき》になる。

……そんな二人を見送りながらしょげているスタッフが、オーナーシェフに慰められていたことを、仁那は知るよしもない。

続いてショッピングセンターに向かい、真っ先に祖母宅の鍵をコピーしてもらう。

その間に、食材や調味料、適当に調理器具など、あとは松代用の食器を見て回る。

新婚のようだと、仁那はふわふわとした心地である。足元が頼りない。彼女は自分が舞い上がっているのを自覚していた。

同じものを食べて、手を繋いで出かける。二人で暮らすためのものを揃える。そんな親しみを覚えてしまう行動に加えて、淫らな交流。

我ながらなんてお手軽、と思いつつも、仁那の心は松代に一気に傾いてしまう。

……自分がいつもこんなだから『男慣れしてない女は簡単だ』と某ADや某タレントに陰口を叩かれるのに。

のぼせ上がった自分に毒づいても、もう手遅れだった。

買い物が結構な量になってしまって、二人で荷物を分担する。

それでも両手に一つずつビニール袋を提げていたら、松代に片方の荷物を奪われた。

「っ、大丈夫です！」

「いいから」

ぎゅ、と手を握り込まれた。

「……っなんで、なんでこんなことするの」

仁那は喘《あえ》ぐようにささやいた。

心臓がどきどきしすぎて、松代の顔を見る勇気はない。

「こうしてるほうが楽しい」

声が頭の中に入ってくる。時間をかけて咀嚼《そしゃく》すれば。

これも、松代の『レッスン』の一部なのだと、行動の意味を理解した。男の意図を理解してしまえば、今までほかほかしていた仁那の心が一気に温度を失っていく。

目を伏せた彼女には、松代の柔らかな笑みは見えなかった。

手を繋がれたまま家へ着き、玄関に入る。

荷持を下ろした松代の手が扉を施錠すると、途端にねっとりと甘く重たい雰囲気になった。

目を逸らしても、松代の視線が顔や体に向けられているのがわかる。

とうとう空気に耐え兼ねて下を向こうとすると、そうはさせじと、男に顔を固定されてしまう。

「まつ――」

「仁那」

言葉を封じ込めようと、松代の顔がどんどん近づいてくる。

仁那は呼吸を止めると、彼の唇を手で塞いだ。

「……全てを見せ合った仲で、これからもっと『仲良く』なろうとしているのに、これはないんじゃないか？」

松代は彼女の手のひらをついばみながら、不満そうに言葉を吐いた。

「きょ、今日はニンニクくさいので、勘弁してください！」

先ほどドラキュラが逃げ出すほど摂取したことを、いまさら気づいてしまった。

「ふーん。俺の行動を見越して、先手を打っていたってこと？　なかなかやるじゃないか」

「……そうじゃないです……」

ためらいに近い気持ちをどう説明すればいいのか。

「元々俺は、食事後に『レッスンの続き』をするつもりでいた」

「え」

「でも仁那が怖がっていたら言い出すのはやめようと思っていたから、それとなく観察してた」

見られていたのか、と仁那は真っ赤になる。

「君は、俺が連れ出したときに体に触れても、食後に手を繋いでも、緊張はしていた。けど、嫌がるそぶりはしていなかった」

松代の指摘に、自分は知らずなにかサインを出していたのかと、今度は青くなる。

「仁那の態度がふんわりと柔らかかったから、『続き』をしても問題ないと判断していたんだけどね」

朧月夜《おぼろづきよ》にそぞろ歩き。確かにムード満点の中、気分が高まっていた。

「それで玄関に入った途端の『意思表示』なのね……」

機を見るに敏な男だ。

松代は自分の口元にある仁那の手首を掴み、背筋を伸ばした。男に引き寄せられ、仁那は必然的に彼の腕の中に囲い込まれる。笑いを含んだ声で訊ねられた。

「俺の手ほどきを断るためにペペロンチーノを頼んだの？」

仁那は慌てて頭を横に振る。

「ち、違います！　わたしっ、もうお腹一杯……！」

パニックになりかけていたのだろう、仁那は叫んだ。

「問題ないよ。俺のもニンニクたっぷり入ってたし。腹一杯なら、なおさら『食後の運動』をしないと」

彼女が言ったのは食事のことではなく『もう一つのレッスン』のことだ。

松代がほのめかしているのは……仁那にもいやというほどわかっている。しかしだ。

「しょ、食後の運動は大事ですよねっ」

「わかっていながら、とぼけない」

松代の色気が滴るような瞳に仁那が魅入られていると、男は彼女の手のひらや指の股を舌でくすぐり出す。

「にっこり笑いながら、指の間を舌でいやらしくねぶらないでください！」

「抗議しつつも手を取り返さないのは、気持ちいいからだよな？」

確信していた松代にゆっくりと舌を動かされると、思わず仁那の唇から、ん……とあえかな声が漏れる。

無意識に、足がもぞりと動いてしまった。はっと松代を見やると、にぃと唇の端をあげる。

「指を舐められただけで、濡れてきた？　感じて、どうしようもなくなってるだろう」

図星だったので、仁那は一層もじもじとしてしまう。

耳を唇で食《は》まれながら、男の欲に濡れた艶《えん》な声に感じてしまう。

「おそらく仁那は、セックスのときにあれこれ考えてしまうから、体の感覚に集中できない」

彼に言われた内容を、仁那はじっくり考える。やがて彼女はポツリと呟いた。

「………そう、かも」

「だから、俺が与える気持ちよさを素直に感じておいで」

男の指を一本、含ませられた。

彼女の口腔内《こうこうない》で、松代の指が遊びはじめる。初めは仁那の舌は奥のほうでちぢこまっていたが、丹念な愛撫を受けるうち、みずから松代の指と戯《たわむ》れ出した。

「一軒家って、いいいな。適度に隣と距離があるし」

自分の指を仁那に預けたまま、松代も彼女の指先から手首まで舌を這わせる。

男の指と舌の感覚に溺れていた仁那は、松代の言葉の意味をすぐにはわかっていなかった。

「……え？」

「仁那の喘《あえ》ぎ声を他に聞かせずに済む」

意味を理解した途端、蕩《とろ》けかけていた彼女の体に芯が戻る。

ピキキキ……という音が聞こえるかのように、仁那は急速に固まってしまった。ぱくぱくと口を開いてなにかを伝えようとしているのだが、言葉にならない。

けれど、松代はわかってくれた。

「……ごめん、これは俺が悪かった。ここまでにしよう」

口から指が出ていった代わりに、ぎゅ、と抱きしめられる。ほっとしたのに、寂しいと思う自分がいる。

「震えて涙目って、めちゃくちゃソソられるんだけど。思う存分、虐めてやりたくなる」

そんな低い呟きを拾ってしまって、仁那はぴゃっと飛び上がった。

「じょ、冗談は……」

「本気。だけど、もう少しだけなら我慢してあげられるよ」

松代の、真剣でいて残念そうな声。

「も、もう少しっ？」

仁那の声が裏返ってしまう。

先ほどから気のきいたことがまったく言えていない。

我ながら、緊張するにもほどがある。

「本音を言ってしまえば、強引に体を拓かせて快楽堕《お》ちさせたほうが早道じゃないかとは考えている」

「お、代官様、それだけは……っ」

おどけて誤魔化そうと試みる。つい、涙の溜まった目で見上げてしまった。

「仁那、それ逆効果だ」

指摘されて、仁那は慌てて目のふちを拭ってから、き、となるべく強く見つめ返す。唇を噛み締めていたら、今度はなぜか松代の顔が赤くなる。

「言ってるそばから煽《あお》ってくるな。……ったくもう」

松代はふうう……と大きく息を吐き出すと、降参とばかりに両手を上げた。わからない。松代の『煽《あお》られ』ポイントが不明だ。

「とりあえず今晩は、なんとか一足飛びしないことにする」

「こ、今晩はって！」

「おやすみ。俺は後でシャワーを浴びるから、お先にどうぞ」

腰を抜かしつつ叫ぶ仁那を尻目に、松代は階段を上っていった。

＊＊＊

翌日、すなわち見学から三日目。

今日はいよいよ、松代に半紙に書いてもらう。

「筆が着地したときの太さを保ったまま、横へ滑らせてください。そう、穂首の位置を変えずに腕を動かして横に引きます。これを送筆と言います」

仁那の指示で松代の右手が動き出したが、ぎ、ぎぎぎ……という音が聞こえそうな動きだ。ちら、と松代の顔を確認すると、歯を食いしばっているらしい。

仁那は危惧を覚えた。

今まではしなやかな身のこなしだった男が、すっかりロボット化している。紙を押さえる左手にも力が入っているから、引っ張り合って破れてしまいそうだ。

ハラハラした彼女が「もっと楽に」と言う前に、書きはじめの起筆箇所に長く留まっていたのと引っ張る力がかかったせいで、やはり紙が破けてしまった。拮抗《きっこう》する力のなくなった筆は勢いあまって、下敷きまで及ぶ。

「書けた！　どうですかっ！」

パッと、縋《すが》るように松代が仁那を見上げた。

彼女は半紙に描《えが》き出された文字を見て、唸《うな》るのをなんとか我慢する。

横一文字なのに、心電図みたいに波がある。

悩んで立ち止まったところ、勢いがよすぎて止まらなくなってしまったところ。文字というよりは、人生の縮図のようである。

仁那の表情から悟ったのだろう、松代はみるみる暗い顔になった。

「……だめです、よね」

彼女の評価を聞く前に、松代は自己採点してしまった。

がっくりと項垂《うなだ》れているさまは、とても自分と同い年の男性とは思えない。

頭を撫でてやりたくなるのをなんとかこらえて、仁那は口を開く。

「まっすぐに線を書くというのは結構難しくて、ここでみんなつまずくんです。わたしもそうでした」

どんな物事もそうだが、力の込め具合と抜き加減のバランスが難しい。

特に習いはじめは、師が出す指示を自分の体にどう理解させるか、その方法がわからない。思う通り筆を動かせないもどかしさが、イライラとストレスに変換されてしまい、書道が楽しくなくなってしまうのだ。

「書き終わるときを収筆と言います。……終わるときは、起筆より少し穂首を立てます。そうですね、起筆が三十度だと収筆は四十五度くらい」

仁那は松代の筆の端、尻骨と掛け紐あたりに手を添える。

「わたしの動きを感じてください」

墨をつけると、紙に穂先の中ほどまで押しつけた。

……当然であるが、松代は小学生よりはだいぶ大きい。そのせいで仁那と半紙を置いた文机の距離が遠く、ぐ、と腹に力を入れるものの、普段の姿勢を保つのが難しい。

彼女は無意識に呼吸を止めていたようで、不意に苦しくなった。息を少しずつはぁ、と吐き出したつもりなのに、松代のうなじに当たってしまったようで、彼の肩が跳ねる。

「すみません」

「いえ」

仁那が謝ると、短い応《いら》えがある。

彼女はしげしげと男のうなじや、肩の線を見下ろした。

逞《たくま》しく、それでいて美しいラインに、仁那はドキドキしてしまう。そのまま、しばし見惚れた。

触れてしまいたいと思った自分を叱咤する。セクハラだし、教師としてはパワハラも併発するので最悪だ。

仁那はなんとか踏ん張った。

硬直している彼の筆を無理やり動かし、横に引いて止めた後、抜く。

いびつになってしまった。

松代が大きく息を吐き出す陰で、仁那も残りの息を吐き出した。

「うーん……なんとなくわかったような……わからないような……」

首をかしげながらも松代は、今の感覚を再現しようとしている。

先ほどよりも筆を握る指から無駄な力が抜けているのを見て、仁那は目を瞠《みは》った。

「すごい。一回で呑み込みかけてますね？」

仁那は弾んだ声を出した。

――松代はスポーツをしていたらしいから、筋肉をコントロールするのは得意なのだろう。

覚えの悪い自分からするとうらやましい。

彼女自身は師範に何十回と筆を動かしてもらっても、習得するのに時間がかかった。

しかし、『自分は十練習して、ようやく一を習得する不器用な人間だ』と、仁那はある時点から開き直っている。

だからこそ、丁寧に教えてあげられると考えることにしていた。つまずく生徒を見落としはしない――

仁那が素直に賞賛しているのがわかったのだろう、松代の顔に少し自信が生まれる。

「もう一度、一緒にやってもらっていいですか？」

松代が意を決したように言った。

「はい」

息が松代の首にかからないように、胸が肩に触れないように、なんとか耐える。

彼が全身を使って仁那の動きを「見ている」のがわかった。

「では、起筆から」

二人で、半紙にひたすら横線を書く。新しい半紙に取り換えては、仁那は松代の筆に手を添える。

……半紙十数枚に練習すると、松代の背中はガチガチに固まっていた。

彼の緊張をほぐそうと、松代の筆を借りる。

「ちなみに」

三本の横線を、微妙に間隔をあけて書く。

「これで、『一』『二』が書けました」

おおおー、と松代の声が漏れた。

仁那は思いついて縦の線と、長さを変えた横線を組み合わせてみた。

「こちらは『土』『士』『工』です」

仁那の書いた半紙を、松代はじっと見て。

「すごい！　線を引いただけで……長さや間隔を変えただけなのに、漢字になってますね！」

——好きだなぁ。この顔は何度見ても、イイ。

大発見したときのワクワクした表情は、老若男女かかわらず仁那を幸せにする。

もしかしたら、このまま書道を好きになってくれそうな気がする。

一方……そんなことを考えているときの彼女の表情は、慈愛成分百パーセント。

男に見せてはならない顔であるが、仁那は自分では気づいていない。しかし松代は彼女のそれをたっぷりと見せつけられていた。

彼はごほ、と咳を一つした。照れているようだが、仁那にはなぜだかわからない。

仁那はにこにこと母性を垂れ流しつつ、無意識に首を傾ける。

すると、なぜか松代がなまめかしい視線を寄越してきた。さすがに鈍感な彼女も顔が熱くなり、慌てて目を伏せたが遅かった。

手が伸びてきたと思ったら、腕の中にしまい込まれている。

「まっ、つしろさん……っ？」

「煽《あお》ったな」

「え、してませんが」

反論してみたが無駄なようである。

「仁那、これからは俺のターンだよ？」

松代が綺麗に微笑んだのを見て、仁那は彼が生徒モードから教師モードになっていることに気がついた。

彼女が松代に書を教えたように、これからは彼が恋愛の手ほどきをする時間に変わったのだ。

正直、この状況で「そんなつもりありません！」と言うのは敵前逃亡だということを仁那自身もわかっているし、『契約』した以上、往生際が悪いと理解もしている。

……いるのだが。

誰にがっかりされても、この男《ひと》にだけは失望されたくない乙女心が発動していた。

彼にまでつまらない女と思われたら、この先の人生が真っ暗闇になってしまう。仁那は小さな期待が大きな失望に変わるのを、先延ばしにしたいのである。

そのために、男の胸を押して無駄な抵抗をしてみる。

「松代さんのターン、多くありません？」

「仁那。ペナルティをもらうよ」

言葉と一緒に、耳と首筋にキスが降ってくる。

「ひゃんっ」

ぐい、と押し返した分、反動を利用して距離を詰められた。

彼の分厚い胸に、仁那の胸のふくらみが押しつけられる。ドキドキと激しい心臓の音がバレそうだ。

「さて。仁那はレッスンの間、どれだけペナルティを払うことになるんだろうな。俺は構わないけど？」

抱え込まれたまま、楽しそうに言われてしまった。

髪や背中を撫でられ、そこここにキスを落とされる。

「…………武臣さん」

言葉にしただけで胸が高鳴る。

高校生の頃こっそり呟いた名前を、まさか本人に呼びかけることができるなど、思いもよらなかった。許されるなら、何度も呼びたい。

けれど、慣れてしまうと、うっかり自分の授業のときにも名前呼びしてしまいそうで怖い。

彼の顔を確認すると、書を練習しているときよりもあきらかに楽しそうだ。

――そりゃあ、書道は松代さんにとっては苦行だろうけど。

勉強が終わった途端、ランドセルを放り出して遊びに飛び出していく小学生のような表情は癪《しゃく》に障る。……自分への淫らな手ほどきが、松代にとっては『遊び』なのだと実感してしまうから。

悔しいと思って睨むと、男の目元が紅く染まって猛烈に色っぽい。

なのにこちらを見つめてくる瞳が、欲だけではないなにかを訴えていて、あまりにも凶悪だった。

自分に触れながら、己の唇を舐めている松代の舌から目が離せない。

ひくり。仁那の喉が期待に鳴った。松代の行為を受け取って歓《よろこ》ぼうと、体が準備しはじめる。

――こんな行為を、この人としてしまってよかったんだろうか。

いまさらに、そんな思いが頭を過《よ》ぎる。今はいい。けれど松代が書の修業を終えて彼女から離れていったとき、自分はひどい喪失感に苛《さいな》まれそうだ。

昨日の仁那は知らない後悔より、知る後悔を選んだ。だが、今日の彼女はその選択が正しかったのか、揺らいでいる。

……甘美なものは、口にしないほうが楽だったのかもしれない。

「気を逸らすな、俺だけを見ろ」

言葉通り、松代は仁那の唇にキスを一つしただけで、彼女の注意を己に引き戻した。

「仁那、俺の『復讐』につき合ってもらうよ」

松代の言葉に渋々うなずきかけ、ふと。

彼のただならぬ雰囲気に気づいて、念のため確認してみた。

「あ、あの。松代さんがおっしゃってる『フクシュウ』って。もちろん、予習の反対語の『復習』です、よ、ね？」

仁那がおそるおそる訊ねている間に、男の顔がどんどん変わっていく。

唇は笑みの形を作っているのに、目が笑っていない。

妖艶、凄絶。そんな単語が似合う。

彼女には、松代の雰囲気が男性からオスに変わったようにしか思えない。

咄嗟に逃げようと身を硬くした途端、畳の上に押し倒された。

「や、やっぱり『リベンジ』のほう、デスカ……？」

彼の威圧感に自然と語尾が震え、ついカタコトになる。

違うよね、わたしの思い違いだよね？　彼女は心の中で必死に自分に都合のいいことを考えるが、
松代は非情なほどに綺麗な笑顔で仁那を見下ろしている。

「それ以外になにがある？」

仁那は九十九パーセント、望みが断たれたことを知った。

それにしても、なぜどうして、ｗｈｙ？　仁那の頭の中を疑問が跳ね回る。

「まったく。さっきは大人の女として、いいように手玉に取ってくれたじゃないか」

「え？　……してませんけど」

脳内に授業風景を再生しても、そんな場面はない。

それどころか教師の本分を忘れて、いい男にドギマギしてしまった自分の姿しか浮かんでこない。

彼女と松代では、見ている映像が違うのだろうか。

「まだ言うか」

「キャンッ」

声を耳孔《じこう》に吹き込まれ、次いで耳殻《じかく》に歯を立てられて、子犬のような悲鳴が飛び出る。

「それにしても、君にはすっかり騙された」

「え？」

思わず見上げると、松代が仁那の腕を持ち上げて、彼女の手のひらにキスを落とすところだった。

「墨や筆を持つ俺の手ごと、握り込んでくるわ」

指摘されて、仁那の体がわかりやすく強張る。

まずった、松代を不快にさせてしまうとは。

仁那はうっかり触ってしまった自分の不手際に、内心青くなる。

「あれは……っ、筆の動きを覚えてもらおうと！」

弁解を試みるが、男はスルー。

無駄に手足をバタバタさせてみたが、松代に体重をかけられて動けなくなる。

「うなじに息を吹きかけたり、胸を肩に押しつけてくるなんて、やってくれるじゃないか」

――ん？

仁那が内心首を捻《ひね》っていると、彼女の無防備な首筋を男の熱い息が這う。

松代に抱き込まれ、柔らかいふくらみに硬い筋肉を押しつけられた。

どうも彼の言動からすると、仁那の行為をまねしているらしい。……確かにしたが、松代が言うような意味では決してしていない。なのに、いやがおうでも官能が高まる。

「いやいや、わたしは教師としての責務を遂行しただけであって！」

身をよじりながら説得を試みる。

なぜかさらに松代の顔にゴゴゴ……という擬音つきで暗雲が発生した、気がしてならない。

「ふうん。だったら君はさっきの授業中、俺に欠片《かけら》も欲情してなかったってことか」

不服そうに呟かれ、コトンと胸の上に頭を乗せられた。

先ほどから彼のさらさらの髪に触れたかったので、つい撫でてしまう。

「……ええと」

なんと答えるのが正解なのだろう。仁那が悩んでいるのを松代は勘違いしたようだった。

彼女の胸の谷間から顔だけ上げて見つめられる。

「小学生扱いしてくれちゃって。俺のこと、ちっとも男だと考えてなかっただろう？」

穏やかな彼の声に、かえって男の怒りを知る。怖い。

どう答えれば、松代は溜飲《りゅういん》を下げてくれるのだろう。……『意識しまくってました』と正直に告白すれば、彼の機嫌は直るのかもしれない。

しかし、そこから新たなステップに進みそうで、とてもではないが恐ろしくて申告できない。

肉食獣の前の草食動物のように震えていると、松代がきちんと表現してくれた。

「さっきの君は『教師』で、今の仁那はまるで生娘《きむすめ》みたいにガッチガチに震えている」

「……松代さん。その表現、時代劇の見すぎでは」

さすがにツッコむと、ふ、と微笑まれる。その笑みがあまりにドラマのラスボスすぎた。

優雅なだけであれば、自分の目もハート形になるのだろうと思うが。悪い笑みかつ迫力がありすぎるので、仁那の背中に冷や汗が流れ落ちる。

「『オスとして、全く意識してません』って笑顔を向けられてね、正直ムッとしてる」

「あー……」

そう言われると、心当たりがあった。松代が可愛い、いやいや小学生の男の子のように思える瞬間が何回もあり、自分でも幼子を見守る保護者のようだった自覚がある。

……失念していた。

どれだけ子供っぽく感じられても、相手が三十歳であれば、『男』扱いしなければならなかったのだ。

仁那はようやく、彼女の大人目線が松代のオスとしてのプライドをいたく傷つけたらしいことに思い至った。

しかし、仁那は途方に暮れてしまう。

「そう言われましても……。松代さんは生徒という立場である以上、教師であるわたしの上から目線については、ある程度は許容していただかないと」

師は導かねばならず、弟子におもねってはいられない。

教え子に欲情していたら授業にならないし、課程が遅滞して困るのは彼自身だ。

至って正当な主張なのだが、恐ろしくて彼と目を合わせられない。

不意にあごを掴まれて強引に目を合わせられる。松代は目を細め、ニヤリと笑った。

いつのまにか両脚の間に彼の体が入り込んでおり、脚を閉じられない。

彼は余裕たっぷりにのたまう。

「なるほど。じゃあ、仁那も『教師である俺になにをされても許す』ってことだよな」

「そ、それとこれとは……っ」

「同じだろう？」

松代の理論に、仁那は必死に主張する。

「わ、わたしの授業はあなたの生涯を懸けた仕事のためなのに……！」

「仁那のレッスンだって、これから君の人生に不可欠なものだ」

「異議を申し立てますっ」

仁那が文句を言っても、男は知らん顔である。

だが、こっちだって頑張ったのだ。

指導中、息はなるべく細く吐いたし、魅惑的なボディに触れないよう一生懸命に力を入れた結果、お腹がぷるぷるしている。

……それはともかく。

仁那としてはセーフだったのだが、松代からしてみればアウトだったということだ。

いまさらながら、生徒にセクハラしてしまったのだと気がついた。いくら仁那が気をつけていても、ハラスメントか否かは受け手の判断が全てである。やってしまった……

仁那は後悔の念に苛《さいな》まれた。しゅんとして謝罪を口にしようとする。

「ごめ――」

「いい加減、我慢の限界だ」

しかし、思いもよらない言葉で遮られた。

「……え？」

伏せていた目を、思わず上げる。

「狼がワンコになってる時間はおしまい」

言葉通り、松代の双眸《そうぼう》は欲を孕《はら》んでいた。

喜びがふつふつと、体の中心から湧いてくる。――わたしで興奮してくれたの？　仁那は目に熱いものが込み上げてくるのを感じた。

「どうしよう。リップサービスでも、ものすごく嬉しい……！」

「あのな」

しかし、目をうるうるとさせる仁那に対し、どう見ても男はご機嫌斜めである。

ん？　なんでどうして。仁那は不思議に思う。

「俺のキスは止めるくせに、自分は攻めてくるとか。大人しくしていた俺がバカみたいだ」

「あ」

仁那としては『女として意識してもらえたんだ！』と幸せを噛み締めていたのだが、松代の心情はどうやらそれどころではなかったらしい。

「……もしかしたら、わたしにいいようにあしらわれたって思ってます、か？」

「違うとでも？」

不機嫌そうな表情は崩さないくせに、愉快そうな目で仁那を見る。

怒っているというよりは、彼女をからかって遊んでいるのだろう。

カリ、とあごに歯を立てられて、仁那は控えめに反論してみた。

「あの。わたしには、そんなスキルはありませんよ？」

「あくまで、そんなつもりはなかったと言い張るつもりか。悪い女だな、君は」

とんだ誤解だ。

「松代さんが裏の裏を読みすぎだと思うんです」

「あんなことをされて、勘違いしない奴はいない」

「……それが間違いなんだけどなぁ」

「仁那が予想外のことばかりしてくれるから、本当に攻め甲斐があるよ」

肉食獣が舌なめずりをしているように錯覚する。色気を増してくる松代に、仁那はひやりとした。

よくわからないが、彼が持っていた火種に自分が油を注いでしまったらしい。

だが、彼女としては冤罪《えんざい》だと主張したい。悪気はなかったのだと理解してほしいのに。あまりに噛み合わなくて、自分こそ子供のように癇癪《かんしゃく》を起こしたくなる。

「隙だらけだぞ、仁那」

「ひぁっ」

ぺろりと耳孔《じこう》を舐められた。びくん！　と跳ねる自分の体が忌々《いまいま》しい。

「とても、嫌がっているようには見えないな」

……自分でもわかっている、こんなに反応したことは未だかつてない。

――松代さんだからだ。けれど、それとこれとは違う。

とにかく、論じ合うのに押し倒されていては不利なので、彼を押しのけようと試みる。

しかし、松代の重みで弱々しく足掻《あが》くことしかできない。

睨んでも楽しそうに見返してくるだけ。

けれど、仁那が身動きできないよう、ぎっちり極《き》められている。もしかして柔道部やレスリング部だったのかと思うほど、拘束が巧みである。

……他の女性もこんな風に組み敷いたのか。

嫉妬は腹立たしさに変換されて、違うところにまで飛び火していく。

――和登！　本当にこの人、あんなに自慢していた『最高のダチ』なの？

仁那は松代を胡乱《うろん》な目で見た。

対する松代も、彼女の視線を受けて、ますます好戦的な表情を浮かべている。

よかろう、売られた喧嘩は買ってやる。負けてなんてやるもんか！　仁那の、なけなしの闘争心にも火がついた。

「松代さん。その性格では今まで、ずいぶんご苦労されたんじゃありません？」

男の、あまりのこじれぶりに嫌みを言ってみる。

松代はちょっと目を見開いた後、笑みをアルカイックスマイルに変えた。それはそれで彫像のように整っている。……彼の顔はどんな表情でも見応えがあると、見惚れてしまう。

「地味な女を装って男をたぶらかしておきながら、とぼける書道家の先生よりはマシだけど？」

「あのですね」

「とりあえず、お喋りはおしまい」

松代はさっさと会話を切り上げた。

頬を手で押さえられ、固定されてしまう。鼻と鼻が触れ合いそうになり、それでも仁那は往生際悪く叫んでみる。

「話し合いましょ、人類皆兄弟っ」

……彼女の必死の訴えにも、ニヤリと悪い顔に戻るだけだった。

「馬鹿だね、兄妹になったら近親相姦になるじゃないか」

……この人は～っ。頭のよさを無駄に使いすぎっ！

「時差ボケもいい加減にしてくださいっ。字を学ぶ以前の問題です、日本語の会話から勉強し直してください！」

ふ、と唇の端だけ上げる松代という男は、無駄に器用である。

そして、そんな表情もカッコいい！　と仁那は内心、きゃあきゃあはしゃいでいる。

「いいよね、仁那のファイティングスピリッツ。日本的に表現すると『ああ言えばこう言う』になるのかな？　男としては余計、そそられるね」

男にちろりと唇を舐められて、自分の顔が真っ赤になっているのがわかる。

「あなた、なにを言っても燃料にする気でしょう！」

結局、彼は自分で遊んでいるだけなのだ。

と思いつつも。――もしかして、これ「犬も食わない痴話喧嘩」って奴かな。仁那はこっそり思う。漫画で読んで憧れていたシーンなので、表情筋を引き締めていないとニヤけそうになる。

……たちの悪いことに、松代には仁那が本気で嫌がっていないことは知られているだろう。

どや顔が憎たらしくて、男の綺麗な顔をつねってやりたい。でも、同じくらい構ってもらえて嬉しい。

恋愛とは、こんなに気分が乱高下するのか。だとしたら自分は、これまで感情的になったことがなかった。……彼を知る高校以前も、現在までも。

松代もふくれてみせたり拗《す》ねたり、仁那をからかって愉快そうだったり、オスの顔を見せたりと、目まぐるしい。……これが恋人同士の日常なの？

「ご明察」

その声で現実に帰ってきた仁那の目の前には、自分を弄る気満々の男。

もう少し、友達以上恋人未満みたいなじゃれ合いのままでいたいな。仁那は小休止を願う。

「仁那。あいにくだが、俺は怖がっているふりは見分けられる」

――違う、そうじゃないの。仁那は心の中で言い訳する。

ドラマだと、視聴者に気を持たせるために、このあたりで『to be continued』

となる。なのに。松代は先に進める気満々である。

仁那が救いの神を待ってもどこからも『カット！』の声は聞こえてこず、とうとう唇が柔らかいもので塞がれた。

「んっ、むぅぅ……っ」

ぬるりとしたものが口の中に入り込んできて、歯列をなぞられる。

歯と歯の間に入り込んでくる熱く濡れたものが、松代の舌だと知覚した。

それにしても展開が早すぎない？　と、仁那はようやく思い至った。

出会って三日目でもうキスが当たり前のようになってしまっている。おまけに同居まで。

カリキュラムの進め方が不公平な気がしてならない。

自分が筆の洗い方から教えているのだから、松代も初歩的なところから教えるべきだ。

……松代のレベルだと、『初歩』も高水準であることは、仁那の頭にはない。

「せめてっ」

密着が苦しくなってぐいぐいと押し、とうとう分離に成功した。

一生懸命、酸素を取り込みながら提案しようとする。

「『攻めて』？　言うねー。積極的な女性は好きだよ」

途端、体のあちこちを松代の手が這い回る。

「漢字が違うから！」

「どんな感じ？　物足りないのか。もっと激しいほうが好き？」

話しながら松代は動きを止めない。

「そうじゃなくてっ、『どこから始めようか？』って訊いてください！」

この人、どうすればストップできるの？

彼の一時停止ボタンがどこにあるかわからなくて、仁那は泣きそうである。

「わかった。じゃあリクエスト通りに質問してみようか。胸へのキスから始める？　それとも、ヴァギナを手で可愛がるのから始めようか？　仁那が望むならオーラルセックスからでも構わないけど」

内容がどんどん過激になってきて、とうとう限界突破した仁那は悲鳴をあげた。

「わ、わたしが構いますっ。も、もっと最初からしてぇっ」

「『最初』はもう通過しただろう？」

男の言葉に、仁那はギョッとした。

まさか。筆おろしに見立てたレッスン。あれが導入だとはわかっていたが。

「あれだけで、もう先に進んじゃうんですか！」

展開が早すぎる。

「これでも手加減してるんだけど。じゃあ、仕方ないな」

仁那の脇腹あたりをなぞっていた松代の指がツ……とふくらみを目指した。

さわさわと服の上から撫でられる。

風がそよいでいるような優しい動き。

仁那は安心して、ふにゃ……となりかける。

すると松代は唐突に、ふくらみの中に埋もれている先端を探ってきた。

正確にイイところをきゅ、と摘まれて、びくりと身を震わせる。

「っ、ど、どうして松代さんは自分の都合のいいように解釈するの……！」

松代がわざと『最初から』を勘違いしているのには思い至らず、仁那は律儀に解説を試みる。

「いいですか、いきなりハイレベルからシてくださいと言ってるわけではなくてですねっ。しかも『最も初め』とはキスでもなくて……！」

なぜか、松代がニヤリと笑う。

「仁那に確認したら間違いなく『少なくとも一メートルは距離をとって、ベンチの両端に座るところからにしてほしい』とか答えるだろう？」

……バレていた。

「それじゃあ一生エクスタシーには辿り着けない」

松代は仁那の肩や腕に触れながら、ふくらみに唇を寄せていく。

きゅうううん、と胸の奥で音がした。

全自分が期待している音だと、仁那自身にもわかっている。

「そ、そうかもしれませんがっ」

「ごちゃごちゃ、うるさい」

言うや否や、上下の唇ごと食《は》まれる。

「んーっ」

唇を甘噛みされては舐められ、吸いつかれ。ガッチリと閉じた唇の合わせ目を舌でなぞられる。

先ほどは簡単に侵入を許してしまったが、今回は彼女が緊張していることもあり、開かれない。

「ん、は……っ」

足をバタバタさせていたら、ようやくキスが止まった。

はーっ、はーっ。肩で息をする仁那を見下ろして、松代は言った。

「仁那は考えすぎ」

「……どこがっ」

問答無用とばかりに、またキスが降ってくる。

今度はついばむような軽いもの。何回も触れては離れ、離れては落ちてくる。

……唇が最後に離れて仁那が惜しんでいると、松代がささやいた。

「今、頭はいらない」

彼の唇が濡れている。なぜだろうと考え、原因に思い至って体が熱くなった。

「俺の与える感覚に集中していろ」

ペロリと舌で唇をなぶられる。

彼の行動が先ほどよりあきらかに性的になってきている。

「仁那、俺の舌を迎え入れて」

乞われたが、彼女の歯は接着剤で固めたように硬直してしまっている。けれど松代は根気よく、仁那の唇を溶かそうとする。

男は唇だけではなく、彼女の額や頬にもキスを落とす。

ちゅ、ちゅ、と松代が発するリップ音と同時に与えられる感覚を追っていくうち、仁那は自分でも体から力が抜けていくのがわかった。

……いつしか、仁那は松代の唇の柔らかさを楽しんでいた。

松代は仁那を冷まさないよう、彼女の乳首を柔らかく撫でながらキスを続けた。

キスのたびに角度を変えてくるから、顔のあちこちに松代のまつげが触れる。その感触は、羽が触れているかのようだった。

――いいなあ、まつげ。自前なのに、こんなに長いんだ。

「すべすべの額も、小さな耳たぶも。仁那の顔を作っている、全てのパーツが可愛い」

まぶたや頬、額やあごにキスが落とされる。大きな手のひらが髪を撫でる。

彼が発する愛おしそうな声や言葉が、仁那を温かく満たしていく。

「仁那の髪も好きだ」

節くれ立った男らしい指が生え際をなぞり、火照《ほて》った顔から髪をのけてくれた。

松代の息も弾んでいる。

称賛の言葉が、一つずつ、仁那の鍵を外していく。彼女の体から力が抜けきる瞬間を彼は見逃さなかった。

普通のことだよ、という感じで、松代の舌が仁那の歯の内側に忍び込んでくる。

「あ」

声をあげたら、深く入り込んできた。

「ン！」

逃がさないとばかりに、舌を搦《から》めとられる。

けれど、痛くはないことに安心した。

口腔内《こうこうない》に溜まってきた唾液を飲み下す。飲みきれなかった分が唇の端から滴り落ちた。

上あごの裏を舐められ、歯茎をなぞられる。……不意に、ぞわりとした感覚が走り、仁那は体を震わせた。この感覚がなんなのか確認したくて、夢中で追いかける。

仁那は口の中で行われている行為に、頭がいっぱいになっていた。

ぐちゅぐちゅ、くちゃくちゃという音が耳元で聞こえる。

そのうち仁那は、自身の口の中を遊ぶ松代の舌に親しみを感じてきた。

刺激を受け続け、口の中がじんわりと痺《しび》れてくる。

とある箇所を舌で擦《こす》られたときにびくっと跳ねてしまい、以降は何度もそこを攻められた。

ちゅく、ちゅく。水音と互いの息の音しか聞こえない。舌を絡められては吸われ、歯を立てられて甘噛みされる。

「あ、ん……」

仁那は、口の中に性感帯《イイところ》があるのを実感した。

「ん……、ふ、ぅん……」

我ながら、鼻にかかったような声を出している。脚のあわいに熱が溜まってくる。

……松代の唇が離れたときには、仁那はすっかり脱力してしまっていた。

抗議したいのはやまやまだが、あごが猛烈にだるい。舌もじんじんしていて、上手く喋れそうにない。

松代は冷静に仁那を見下ろしている。……ように思えた。

「キスした限りでは感度もいいし、覚えもよさそうだ。不感症っていうよりは」

「……いうよりは？」

訊ねたが、松代は言葉を変えてしまった。

「……ところで、そんな色っぽい表情をされると、ますます仁那を啼《な》かせたくなるんだけど」

気づくと胸がすうすうする。頭を持ち上げて胸のほうを見ると、上半身の肌が露出していた。

ブラジャーこそしているものの、ふくらみがあらわになっていて、用をなしていない。

「いつのまに……っ」

慌てて隠そうにも手を極《き》められていて、動かせない。

「気づかないくらい、俺のキスが気持ちよかった、ってことだな」

魔の手が下半身に伸びる。

「そうなんだろうけど……だ、だめ！」

「だめじゃない」

「いやいや、だめでしょ！」

たるたるなお腹とか、油断している腋《わき》とかっ……は、もう見られちゃったから仕方ないとして。

仁那は中身もさることながら、見せてはいけない下着に思い至り、血の気が引く。ショーツは、きっと蜜でぐっしょり濡れている。女の匂いでバレているのかもしれないが、松代に見られてしまったら、期待していることがばれてしまう。

——キスだけでこんなになっちゃうとか、恥ずかしすぎるっ。

松代さんに、ハシタナイ女だと思われたくない！　……冷静に考えれば、松代のテクニックのせいだし、与えられた刺激に反応していた自分の感度のよさを喜ぶべきだったのだが。

「たんま、待って！」

最後の防衛線を死守すべく、仁那は今唯一の武器である金切り声をあげた。

「待ったなし。大丈夫、痛いことはしない。……今はね？」

男の笑顔は美しく、恐ろしくすらあった。

……逃げきれたというより、見逃してもらったというほうが正しい。

ぶるぶる震えて、鳥肌と涙目。

圧倒的捕食者に震える小動物そのものになってしまった仁那を、松代はしばらく見下ろしていた。

深くため息をつき出してから、くしゃりと髪をかき上げる。

「君を見てると、可哀想で手が出せなくなってきた……トイレ、借りるよ」

仁那は寝っ転がったまま、去っていく彼の背中を見送った。

押し寄せてきた後悔が仁那を責める。

自分が歯止めをかけなければ、松代はどこまで手ほどきしてくれたのだろう。

進まなくてほっとしたが、それよりも残念な気持ちが大きい。なのに、抵抗してしまった。

「また、やっちゃった……！」

男の言葉は、過去の恋人達に何度か言われたことのある台詞《せりふ》そのままだった。

あとは辛い結末まで一直線。これから、松代になんと言われるのだろう。

「だめだ……。素面《しらふ》のわたしには、えっちどころかキスを受け入れるスキルさえない」

松代は仁那への手ほどきをやめると言い出すだろう。

「やっぱり無理だったのよ。和登と同じくらいのイケメンで、立ち居振る舞いがうっとりするほど綺麗な人が、わたしなんかで満足してくれるはずがないもの」

なによりも。松代に書を教えることも終わってしまうのだ。

「……あんなに必死な人を、わたしが原因で放り出すことになるなんて……」

悲しみと虚無感に襲われる。

——ところが、松代は戻ってきてくれた。

「仁翔先生、明日もよろしくお願いします」

彼女の双眸《そうぼう》から涙がこぼれそうになる。

「なんでですか。……あなたにメリットはないのに」

泣くのを我慢しながら問うた仁那に、松代は苦笑しながら答えた。

「仁翔先生に習いたいと思っただけでは、いけませんか」

「わたし、松代さんの生徒としては落第でしょう？」

自分でも言いたくない言葉だった。

いつのまにか下を向いていたらしく、あごを掴まれて上向きにされた。

松代と目を合わせられる。

「仁那の体は俺の愛撫に反応していた」

「え……と」

一生懸命に細部を思い出そうとして、体が疼《うず》いた。

「そういや、体は火照《ほて》ってましたし、奥がじんじんしてて……。夢中で……、あともうちょっとで……あ、いやいやっ、キスしている感覚を追うので体の状態まで気が回らなくて。じゃなくてですね！」

目を伏せて反芻《はんすう》していたら、また暴走した。

「問題は心なんだろうな」

診断結果を話す医師のような松代の言葉に、仁那の体は硬くなった。が。

「予想以上に難敵だとわかった。でも、攻略し甲斐があって燃えるね」

想定外の言葉に、彼女は思わず松代の真意を確認しようと顔を見上げる。

言った通りに考えているのだとわかる、不敵な笑み。

――この人はまだ、わたしに絶望していない？　仁那の中に、小さな希望の火が点《とも》る。

松代をじっと見つめていると、乱れた衣服を直してくれた。

その日の、仁那の授業と松代の手ほどきは終わった。

三時過ぎから仁那は子供達の授業があるし、松代はこれからの仕事のために準備をするという。

＊＊＊

翌日。教室に集合するや、松代はキリッとした顔で宣言した。

「一人で書いてみます」

松代は自分一人で書き出した。

『一』『二』『土』『士』『工』と。彼が書いた文字は間隔と長さのバランスが微妙なので、きちんと意味をなす漢字になっている線のほうが少ない。

けれど、松代は夢中で何枚もの半紙に書いていく。途中からは書き損じた紙を裏返しにして練習する。

「うわっ」

最初よりは力が抜けてきてはいるが、それでも時々悲鳴をあげている。

……夢中で書いていると、反故紙《ほごがみ》が山のようにできるものだ。もったいなくて、乾かさずに余白にも練習しようとするから、墨だらけになる。

松代も例に漏れず、かなり汚している。道着を着てもらっていてよかったと思う。

おそらく彼は墨の落とし方を知らない。レッスンの終了後、レクチャーしておこうと仁那は決めた。

ふと見ると、緩んでいたはずの彼の背中は、先ほどよりも固まっている。

……今日はここまでかな。

大事なのは、取り組むこと自体が苦痛にならないことだと、仁那は考えている。学ぶことは楽しくないと長続きしない、というのが彼女の持論だ。面白かったな、という記憶を持ち帰ってほしい。

「はーい、ここからはレクリエーションの時間でーす。お待ちかね、名書家ごっこ！」

仁那は突然声を張り上げた。

集中していたのだろう、松代がびくりと顔を上げる。

「このノートに行書体っぽく、好きなことを書いていきます」

仁那は手作りのノートを渡しながら説明した。反故紙《ほごがみ》を切り揃え、糸綴《と》じしたもの。愚痴でも将来の夢でも、好きなことを書きつづっていくノートだ。

「……ギョウショって？」

聞いたことはあるけど、と心許なげな声で松代は呟いた。

「行書体は、速く書くことができるように省略しちゃった書体です」

二つの書体が矢印で結ばれている見本を渡す。

「ちなみに、矢印の前が楷書《かいしょ》体です」

見本のかっちりした書体を指すと、松代が食い入るように見つめ、なるほどと呟いた。

「このノートに書くときは自由に。ただ、一筆書きみたいに字をスラーッと繋げて書いてみてください」

最初は、仕方ないなという表情でしぶしぶ書いていた松代だったが、一ページが終わる頃には目がキラキラしていた。

楽しそうな松代を見ながら、考える。

習い事とは、始めるのが億劫《おっくう》な場合と楽しみな場合がある。

松代の場合は『仕事で必要だから』と書道を習いに来たので、前者だったろう。

苦手意識があるだろうに、松代は、仁那の一挙手一投足や指導に耳を傾ける。

尊敬する。彼の、学ぼうとする志の強さに、仁那もきちんと向き合おうと思う。

……松代の手元をちらりと見れば、相当なスピードで書き殴っている。

息抜きのようなものであるから、変な癖をつけてしまう前に切り上げさせる必要がある。

意識を別のことに向けさせるのが、コツだ。

「はーい、じゃあ次は○×ゲームをします」

「え？」

仁那が声をかけると、松代は夢から醒《さ》めたように呆けた顔でまばたきをした。

「ご存じないですか？」

覚えていないのかもしれない。日本にいても、大人になってからする機会は少ないだろう。

説明しようとすると、松代が口を開いた。

「井桁を書いて、先攻が○、後攻が×を書いて、どちらが先に自分のマークを三つ並べられるか、という……アレ、ですか？」

仁那を見る松代は、『変な女』と思っているような顔つきだ。

「その、アレです」

ここで恥ずかしがっては負けなので、仁那はこっくりとうなずいた。

「初めて書道を習うんですが……。先生の授業についての感想は、ネットの書き込み通りだったことを実感しています」

松代は指示通りに井桁を書きながらも腑に落ちない顔をしている。

「オブラートに包んだ言葉を選んでくれて、ありがとうございます」

彼女はにっこりと笑う。

「松代さんは、あてずっぽうでこの教室を選ばれたわけではないと思うのですが」

仁那の言葉に、松代は耳を傾けてくれている。

「うちの教室が、書家の方々や他の教室の指導者から『邪道』だとか『書のなんたるかを理解していない者が間違った指導をしている』という意見を頂いていることは、確認されてますよね？」

松代はうなずいた。彼も、教室への批判の書き込みを目にしているのだろう。

「素行の悪い生徒が師範から退学を言い渡されて、宣告を撤回してほしい場合。生徒は羽根つき勝負を仁翔先生に挑まねばならないとか。確かに独創的だ」

松代がゆっくり言葉にした。「はい」と仁那はしっかりとうなずく。

「それでも、俺が調べた中では『子供から、習字大好きって聞いてます』とか『先生のおかげで、字が上手になりました』といった声が、仁翔先生へ一番寄せられていました」

松代が言ってくれた言葉に、仁那は救われる思いだった。

嬉しくて泣きそうになり、声が震える。

「……わたしはまず、筆を持つ楽しさを知ってほしい。もっと深く学びたくなったとき、あらためて自分に合った師を探せばいいと思うんです」

「確かに、こんなに楽しいとは思いませんでした」

男の嘘偽りのない表情に、仁那の顔が緩む。

……ほっとしたら、我慢していた涙がこぼれそうになったので、仁那は慌てて告げた。

「じゃ、ジャンケンしますよ！」

「悪いけど、仁那先生には勝たせません」

……その後の○×ゲームは二勝一敗でたまたま仁那が勝ったが、松代は本気で悔しそうだった。

ごっこ遊びもゲームも、生徒を飽きさせない仁那なりの工夫の一つ。

自由に筆を握ってもらって、習ったことを反復してもらう。

できれば生徒に『筆が走る』という体験をしてほしい。

ふう。松代が筆を置き、息を吐いたタイミングで声をかける。

「今日はここまで！　お疲れ様でした」

仁那が正座をして頭を下げると、慌てて松代も頭を下げた。

「最初の頃は緊張して力が入っちゃいますよね」

返事がない。見れば松代は足が痺《しび》れて動けないらしい。

つい悪戯心《いたずらごころ》が働いて、脚をちょんちょんとつついて大の男を悶絶《もんぜつ》させてみた。

＊＊＊

松代が高坂流書道教室のチャイムを鳴らしてから五日目。二人の同居生活は順調である。

交代で朝食を用意し、二人で食べる。

家事は分担。午後は二人で食材や日用品を買いに出かける。

仁那が他の生徒に授業を行っているときは、松代は入社先での資料作成のため部屋にこもる。

……高坂流では『他人の字を見ることは、なによりの学びになる』との祖母の信念から、どのクラスに誰が交じってもいい。松代にも、彼自身のこだわりがないのならば、他の生徒達が受けている授業に参加してもよいと案内してあった。

けれども――仁那がほっとしたことに――松代は首を横に振った。

『仁那以外の女性との時間を持ちたくない』

彼の言葉を聞いた刹那、仁那は心臓を停止させられてしまった。

アレは松代語で、書に集中したいという意味！

仁那は、自分の心臓にそう言い聞かせなければならなかった。

しかしとても嬉しかったので、その日は彼が好きだと言っていた小エビのかき揚げをたくさん作って、晩ご飯に出してみた。……翌朝、仁那はエビに追いかけられる夢を見て飛び起きた。

『鏡を見たらエビになってたりして』

おそるおそる片目で見てみたが、大丈夫だった。

――けれど、なぜか鎖骨に紅い模様がある。

腕を持ち上げたら右腕にも。作務衣《さむえ》のボトムを穿《は》こうとしたら左の太ももにも。

『俺の好物を照れくさそうに出してくれた仁那が可愛くて。ご馳走様、美味しかったよ』

……そう礼を言われたのはなぜか、体にキスマークをつけられ、くったりした後だった。

松代にエビを出すときは気をつけようと思った――

さて、それぞれのルーティンが終わると、いよいよ個人授業の開始となる。

仁那が教室に入ると男は艶《あで》やかに微笑んだ。松代の表情は、どう考えても練習したいという生徒の顔じゃないなあ、などと見惚れながら思っていると。

「今日は俺が先攻」

センコウってなんだっけ。カタカナに漢字をあてはめようとしている間に押し倒された。

声を出す間もなく、着ていた上着の前を開かれて、馬乗りになられている。

彼の膝が布地を押さえているせいで、今の仁那は手首を拘束されているような格好だ。

「仁那？　なにか文句あるのか？」

余裕綽々《しゃくしゃく》の顔で訊ねられる。

……本音を言えば予告してほしかった。だが、抗議したところで『俺が予告すれば、君は硬直するだろう？　仁那みたいなタイプは奇襲のほうがいいんだよ』とでも言われるに決まっている。

彼女はぎゅ、と目を瞑《つむ》って、抵抗を諦めた。

手術や試験のように早く過ぎ去ってほしいわけじゃないことは、仁那の赤く熟《う》れた頬から簡単に察せられるだろう。

数時間後、いや数分後だったかもしれない。

どれくらい時間が経っているか、仁那にはわからない。

鉄筋コンクリート並の硬度を誇っていたはずの彼女は、ぐにゃぐにゃに溶かされていた。

「ん……っ」

松代曰く『筆おろし』ならぬ『筆馴らし』。

ブラジャーはキャミソールと一緒に部屋の隅まで放り投げられた。

隠すものがなくなった胸やうなじ、鎖骨や脇から臍《へそ》に至るまでを、筆を使って徹底的に攻められている。

仁那は溶けて消えかけている理性を手放すまいとした。

——こんなこと、シちゃいけない。抵抗しないと。……気持ちイイのに、どうしていけないんだっけ？　思い出した。

「筆はっ、いかがわしいことに使うものではなくて……っ」

自分ではきつい口調のつもりだった。

「まだ抵抗するんだ？　まったく仁那は可愛いな」

からかわれても、口にせずにはいられない。

教師である自分が、もう幾度も自身の聖域である教室でいやらしい行為にふけっている。明日の夕方には、また子供達が習いに来るのだ。

自分達が淫らなことをした場所で書をさせるなど、許されることではない。

……というのは建前で。彼女は嬌声めいた悲鳴をあげた。

「筆を見るたび、ううん、教室に入るたびに、いやらしい妄想をしちゃう……！」

そんな恥ずかしいことをしてしまったら、悶《もだ》え死ねる。

「なにをしても見ても、俺を思い出せばいい」

「え？」

上手く聞き取れず、訊き返そうとした。

しかし松代からは超絶うさんくさい笑みを返されただけ。

「『弘法、紙を選ばず』って言うじゃないか」

「それ間違い……ひぁんっ」

筆が直接、乳首に触れてきたので、悲鳴じみた声が出た。

「甘ったるくて嬌声みたいな声では、抗議されても説得力がない。仁那、感度がよくなったね」

松代に褒められて内心は嬉しい。

男は仁那の反応を確かめながら悪戯《いたずら》を仕掛けてくる。

濡れた筆先の中でも、命毛という最先端で、乳首や乳輪を撫でられている。先端の太さは、せいぜい髪の毛を二、三本束ねたくらい。かすかな刺激を、体は全力で快楽に変換しようとしていた。

触れられた瞬間、信じられないくらいに感じてしまう。

「『名書家ごっこ』は面白かった。毎日やっても飽きないな」

水差しから水を一、二滴、肌に落とされては筆で伸ばされる。

軽やかで冷たい感触が仁那の体の熱を奪った後は、筆の軌跡《きせき》を追いかけるようにカッと熱が上がる。

「筆が自由に行き先を決める。俺の腕や体はついていくだけ。『筆が走る』って、こんな感じか」

松代の言う通り、予測できない道筋に、めちゃくちゃなリズム。

びく、びくんと、思ってもいなかった場所への刺激に、勝手に反応する。

自分の体なのに制御がきかない。

筆先とは反対側の、紐がついている尻骨という部分で、勃《た》ち上がっていた乳首をふくらみの中に押し込められた。

「ん、ア！」

足の爪先まで、力が入る。

「こんなにいやらしく反応してて、どこが不感症？」

散々、筆管《ひっかん》の竹の感触を胸の尖《とが》りで味わわされた後、今度は筆をやや寝かせて弄《いじ》られる。

もう片方の乳輪を筆先の中ほどの腹で擦《こす》られ、こんなところからも快感は生まれるのだと覚え込まされた。

「あ、ぁ……」

快楽に、閉じていたはずのまぶたが持ち上がり、半目になる。

体から力が抜けて、口を閉じていることもできない。

唇の端から唾液がこぼれる。

ぼんやりした視界の中、屈んできた松代が舌で舐めとってくれた。

舌が首筋を伝っていき、鎖骨をキツく吸われる。……キスマークをつけられた気がする。

うとましくはない。

が、生徒らにからかわれないよう、首にスカーフでも巻いたほうがいいかもしれない。

子供達には『忍者みたい』って受けるだろうな。

快楽に侵された頭でぼんやりと考える。

「ねえ、仁那？」

鎖骨の上に留まった松代が、答えを上目遣いで促してくる。

彼の愛撫に集中しないよう、違うことを考えていたのに気づかれた。

「い、……っつも」

答えようと口を開いたら、松代が乳首に吸いついてきた。

「あ」

濡れた熱い口腔《こうこう》に包み込まれる感触。

舌でこねくり回される感覚に、筆よりも強い快楽が、胸から頭、体の奥に伝わっていく。

「ニーナ？　教えてくれなきゃわからない」

乳首を甘噛みされながら催促された。

「挿《い》れられた途端にっ、か、たまっ、……ちゃって！」

喋ろうとするが、喘《あえ》いでしまって音にならない。

「わかった。仁那は胸やヴァギナを弄《いじ》られて、イったことはある？」

訊かれて、彼女は首を横に振った。

「まずはソコからだな。たっぷりイけるようになったら、次に進もうか」

松代は熟練の教師のような口ぶりだった。

「まつしろさん」

舌足らずに呼べば甘やかな眼差しを向けられて、言葉に詰まる。

なにか言いたかったのに、出てこない。

「こら」

め、という顔をされた。

「仁那。とろんとした顔や腫《は》れぼったい唇を見せても駄目だよ。可愛いけどね。ルール違反だから、おしおき」

ぴん、ぴんと強めに乳首を筆で弾かれた。

「あ、あっ」

……痛いはずの乳首が強い快楽を頭に伝えてくる。体に力が入り、目の前が真っ白になった。

波のような快感が体の奥から生まれ、膣が強い収縮を繰り返す。

くぷり、となにかがこぼれて、ヒップの割れ目のほうまで垂れていく。

「信じられない……」

呆然と呟いた彼女を、松代が褒めてくれた。

「いい子だ、上手にイケたね」

自慰でしかイったことのない自分が他人の手で。しかも胸だけで達してしまったのも、初めての経験だった。

呼吸に合わせて、寄せては返す波のような余韻を、仁那がうっとりと愉《たの》しんでいると。

「じゃあ、もうちょっと進んでみようか」

「え？」

ボトムをショーツごと脱がされて、仁那はほぼ生まれたままの姿。

対して松代は崩した着方をしているが、道着のまま。

合間から覗く、彼のセクシーな上半身に見惚れつつ、仁那は呟いた。

「なんで、下着まで……？」

「ん。仁那が冷めないうちにね」

「え？」

太ももをがばりと開かれる。

いやらしい場所に彼の頭がかぶさってきたのに気づいたときには遅かった。

ぺろりと舐められ、股の間からじゅるると音がする。

濡れた感触と同時に……温かいなにかに、吸われている！　仁那は喘《あえ》ぐ。

「まっ、松代さんっ」

「武臣だよ、仁那」

「じゃなくってぇ……なにをっ、ぁん」

抗議しかけたが、裂け目を舐められて言葉の後半が甘い啼《な》き声に取って代わる。

「なにってクンニリングスだけど？　ああ、ブロウジョブとか言わないよ、俺も愉《たの》しんでいるから」

裂け目を守る花びらを舌で押し拓かれる。

和毛《にこげ》の奥にある紅珠から、たらたらと蜜を垂らす淫口までキスされた。

さらに時折吸われる。

「ひ、人のえっちな場所に鼻を突っ込みながら言わないで！　ぁんっ」

淫玉を弄《いじ》られて、腰全体に甘い感覚が広がっていく。

仁那は自分から脚を大きく広げ、腰を高々と持ち上げていることに気づいていなかった。

あ、あ……と切迫した呼吸を漏らしながら、男から与えられる感覚に酔う。

「こんなに濡らしているのに、本当に仁那の理性は強い。堕《お》とし甲斐のある君が好きだよ。……早く、仁那の身も心も俺のものにしたい」

「や、ヤダ！」

自分の脚の間に生まれた感覚を追っていた仁那は、男の告白を聞き損ねた。

「ここは嫌がってない」

口淫する。されたこともあるし、したこともあった。

かつての恋人達にされたときは、おぞましかった。

全身に鳥肌を立てながら、ひたすらに耐えていたのに。

松代に熱い息を吹きかけられ、彼の濡れた唇や舌で秘豆や裂け目を触られると、甘く疼《うず》いた。

その間も絶え間なく胸を弄《いじ》られて、二つの場所で生まれた快感が撚《よ》り合わさっていく。

――コンナノ、知ラナイ。怖イ……！

「き、きたにゃいからっ！　やめてくらさい！」

上手く喋れない。足をばたばたしようにも、松代に怪我をさせてしまいそうだ。

松代の頭を押しのけようと伸ばした手が彼の髪に触れた。つい、愛撫するように男の髪をかき乱す。

「やめない。女の匂いが濃厚なだけだ。綺麗だよ」

ちゅううううと雌孔を吸われる。強いのに優しい。痛くなくて、気持ちいい。

「綺麗じゃないから……ぁん！」

はむはむといやらしい花芽を唇で挟まれる。

「唾液やラブジュースには殺菌作用があるらしいから、汚くなんかないよ」

熱い舌がクリトリスの周りをぐるりと一周し、右側の花びらを伝って蜜が垂れている泉へ。

秘密の口に浅く出し入れされた。

今度は左側の淫唇を舐め上げて、紅く熟《う》れた粒を含まれる。

仁那が足を高々と上げると、膝の下に肩を通すようにして腕が伸びてきた。胸の二つのふくらみを包まれ揉《も》み込まれる。

「そういう問題じゃないんだってば！　あ、ア、ん……」

「俺のも舐めなきゃ、って思ってる？」

冗談じみた口調から一転、真面目な声が耳に届いた。

ぎく。自分でも体が強張るのがわかった。以前の記憶が脳裏によみがえる。

喉奥まで突っ込まれ、吐きそうになったら嫌そうな目で睨まれた。窒息しそうになって必死で腕を叩いたら、殴られた。――イヤダ。

「……仁那？」

――ヤリタクナイ……！

「仁那、呼吸しろっ」

気がつけば、ヒューヒューと喉が鳴っていた。

我に返ってまばたきをすると、ほっとしたような顔の松代に抱きかかえられる。

仁那はぎゅ、と彼の上着にしがみついた。

「……前に、つ、つき合ったことがある人達、わたしがイケなくても自分だけが気持ちよくなろうとしてて」

「うん」

「わたしが苦しそうにしてても、みんな平気な顔して」

「うん」

それどころか、ニヤニヤ笑っていた。仁那の口で欲望を大きくさせて、そのまま放った。

「俺にはしなくていい」

「……どういうこと?」

松代が言っている言葉の意味がわからない。

「なんで? 松代さんはしてほしくないの?」

「仁那。自分がどんな状態か、わかってないのか?」

思いもよらない質問に顔を上げると、なぜか松代は痛ましそうな目つきをしていた。

「え?」

意味がわからなくて、まばたきをする。

彼の指が雫を取ってくれて初めて、自分が泣いていたことに気づいた。

「体も冷たくなってる」

そ、と頭を抱え込まれて髪を撫でられただけなのに、どうしようもなく体が強張る。

「大丈夫、怯《おび》えている女性に無体はしないよ」

松代の声は慈しみに満ちていた。

「セックスって、お互いが気持ちよくなければ意味ないだろ。今日は俺のターンだから、仁那は感じてればいい」

ちゅ、とキスを髪に落とされた感覚がある。

体から力が抜けていくのがわかった。ありがたかった。けれど。

――舐めてもらうだけ、自分だけ快楽にふけるのであれば、過去の恋人と変わらない。

「でも」

反論しかけた唇は指一本で封じられ、楽しそうな声音で告げられる。

「男のなけなしのプライド。『義務です』って顔でされても気持ちよくないからな、今日はおあずけ。仁那が俺のクンニでイッてイキまくって、俺のを咥《くわ》えたくてどうしようもなくなったら、可愛がらせてあげるよ」

……『咥《くわ》える』という言葉が、こんなにもエロティックな響きを放つのを初めて聞いた。

それに松代の言葉からは、『奉仕』『服従』といった色は感じられない。

親密な二人が、相手を欲して、互いに気持ちよくなろうとして、する行為だと。

仁那の口から嗚咽《おえつ》交じりの言葉が溢れる。

「松代さん。わたし、気持ちよくなっていいの？」

彼女の縋《すが》るような目に、松代はにっこりと微笑み返した。

「当然」

答えると、お喋りはおしまいとばかりに、松代は再び仁那の脚のあわいに顔をうずめた。

「……本当に、そんな日が来る……？」

天井を見ながら呟けば、自然と目から涙がこぼれる。

「来るさ。それより、仁那。ペナルティだぞ？」

秘豆を舐められ、甘い痺《しび》れが脳に届いた。

「あ、ぁん……」

自分の手で慰めるのとはまったく違う快感に、体中から力が抜けていく。

「仁那、自分から腰を上げてるね。気持ちいいな？」

問いかけの形をとっていても、それは断言だった。

いつのまにか紅珠を舌で撫でられ、蜜路に指を挿《い》れてかき混ぜられていた。

ちゅぷん、ちゅぷんと水音が耳に届く。仁那はその音をどこが発するのか、知っていた。

ナカに埋まった指が、臍《へそ》側の壁を何度も擦《こす》ってくる。

それに合わせて淫芽を強く吸われ、仁那はもう一度達した。

彼女はきちんと快楽を受け止めることのできた己の肉体に、愛おしさを感じた。

「仁那、可愛かった」

松代に抱きかかえられ、身じろぎしたときに、蜜が溢れ出る感覚がある。ひくつく蜜口や疼《うず》く隘《あい》路《ろ》を無視できなくなってくる。

「ま、つ、し、ろさん」

イレテ、と唇の動きで伝えた。

「……でも」

彼も興奮しているのだろう。

押し流されまいとこらえている姿が凄《すさ》まじく色っぽい。

「大丈夫、だと思う。わたし、松代さんが欲しい」

松代は無言で道着のファスナーを下ろした。

男の、筋肉で形作られた美しい上半身。彼のシックスパックから鼠蹊《そけい》部にかけての斜めの筋肉、腹筋。

それらが男の忙しない呼吸に合わせて、動く。

松代の、手首に腕時計をはめたままの手が自身の屹立《きつりつ》の根元を支え、筆を握っていた手が取り出したスキンをかぶせる。

自分がその作業に思わず見惚れていたのに気づいて、仁那は慌てて男の顔に視線を戻した。

松代も彼女に目を合わせてくる。

彼も息が弾んでいて、余裕のない顔がうっすらと赤い。

仁那の喉がごくりと鳴った。

「挿《い》れるよ」

掠《かす》れた男の言葉に仁那はうなずいた。——こんなに濡れたんだもの。仁那はみずから太ももを割り広げる。

丸い先端が彼女の脚の間の裂け目に擦《こす》りつけられて、あまりの気持ちよさに声が出そうになる。

「仁那、口を開けて」

松代がキスをしようとしているのがわかり、仁那は喜んで迎え入れた。

しかし、分身が蜜口に、挿入されようとした瞬間。

ひゅるる……という音がしそうな勢いで、仁那の性欲がどこかに逃げてしまった。

男の熱い舌が口の中で暴れているのを感じながら、彼女は心の中で絶叫した。

――おおい、どこに行くのよう！　性欲《アナタ》がいないと、体《わたし》はどうすればいいのっ。

これでは、敵前逃亡もいいところである。

松代の喉仏の動きがセクシーであるとか、墨をするときの指が男らしいこと、筆を動かすたびに手に浮かぶ筋がなまめかしいこと。

そんなことを思い出して、仁那は性欲を必死に呼び戻そうとした。

けれど、暗示ごときで簡単に復活してくれる性欲なら、そもそも不感症を看板にしていないのだ。

仁那は自分が呼吸しているのかすらも、わからなくなっていた。

怖くない、大丈夫。自分はセックスできるのだと、呪文のように言い聞かせる。

よく聞く文句だが、本当にセックスの後で愛が生まれることもある。

『Hの後にIがある』

だが、自分と松代の間に愛は訪れない。あったとしても、一方通行だ。……こんなことを考えるより、好きな男に抱かれる、今の幸せを考えればいい。

慌てて思考を軌道修正しようとするのに、脳はますます冷静になっていく。

なにかを感じとったのか、男の動きが止まった。ふい、と圧が消える。

仁那がおそるおそる目を開けると、松代がじいっとこちらを観察していた。

目の前の男になんと思われているのか、生きた心地がしない。

ふう。

松代は息をつきながら、口元を拭った。あまりになまめかしくて、うっとりしてしまう。

男が、仁那の目のふちに溜まっていた涙を舐めとってくれる。

ちゅ、ちゅ、と仁那の両方の乳首にキスをして、彼女を身悶《みもだ》えさせた。

それから松代は仁那の服を直した。抱き起こされて、そのまま松代の胸の中にしまい込まれる。子供にするように、優しく背中を撫でられて、あやされた。

「今日はこの辺にしようか」

「おしまい、てこと？」

ほっとした反面、残念でもあるし、なにより……

自分はたっぷり愛されて達して、体は大満足である。

だが、こんなにも献身的に尽くしてくれた、当の本人は。

「たけ、おみさん」

息が切れて、上手く喋れない。松代が少し不機嫌そうになる。

「……まあ、呼び捨てにはおいおい慣れていこう。なに？」

「わた、し、ばっか、り。たけお、みさんは、辛くないの」

「大丈夫」

「う、そ」

そんなはずはない。

彼のボトムの前立て部分がテントを張っている。

くしゃりと髪を撫でられ、次いで汗に濡れた髪を耳にかけられ、あらわになった耳を食《は》まれた。かり。こりこり、ぴちゃ。

濡れた感触と硬い歯に耳を挟まれる感覚に、ピクンピクンと体が跳ねる。

熱い息や耳孔《じこう》へ舌をもぐり込ませる音が、仁那の脳を侵す。

「仁那」

低くて掠《かす》れた声が名前を呼んだ。

「ん……」

それだけで、甘い刺激が彼女の体を走る。

「仁翔先生は不慣れな俺を教えるのが、楽しそうだった。俺も仁那を導くのを、楽しんでるよ」

で、あれば嬉しいが。

「でも」

なおも言葉を重ねようとする仁那を、松代が優しく見つめる。

「大丈夫。俺はどうとでもなる」

「ヤダっ」

悲鳴のような声をあげるなり、仁那は彼の服を掴んだ。驚いた松代が目を丸くする。

「仁那？」

「せっかくわたしで興奮してくれたのに、違う人で解消しないでっ」

そう訴えながら、なにを自分勝手なことを言ってるのかと、仁那は自分に対して苦々しい感情を抱いた。――この人に対して自分にはなんの権利もないのに。

松代がなだめるように、ちゅ、と軽やかなリップ音を鳴らして口づけを与えてくれる。

「しないよ。今は仁那以外にいやらしいことをする女性はいない。安心しろ」

駄々をこねてしまったのに、松代は柔らかい眼差しをしている。

「武臣さん……」

「しょっぱい」

仁那の頬を舐めて、そんなことを呟いた。

堰《せ》き止めてもらったはずの涙がまたこぼれてしまったらしい。

「仁那」

呼ばれて顔を上げると、男は不敵とも言える笑みを浮かべている。

「勝負しよう。一ヶ月で俺が書道をモノにするか、俺が仁那をモノにするか。どちらにせよ、俺の勝ちは決まったな」

言い終えると、仁那をそっと横たえて、松代は室外へ出ていった。

あらためて考えると、松代は自身と勝負しているだけである。仁那にデメリットはない。

松代が自分を諦めないでくれる。仁那は幸せな気持ちだった。

それと、彼に己の全てを預けられる日が遠からず来るだろうという小さな予感も。

……松代の戻ってくるらしい音が聞こえてきた。

身を起こそうとするが、床にへたったまま、起き上がれない。

顔を覗かせた松代はその姿を見て、ようやくやりすぎたと気がついたらしい。

「悪い」

ばつが悪そうに謝り、抱き起こされる。

「反省した。今後、先攻は仁翔先生に譲るよ」

「……そうしてください……」

彼のせいとはいえ、感じすぎて立てないなんて、恥ずかしすぎる。

仁那は顔を隠しながら横を向く。

「運ぶ」

そう声をかけて、松代は仁那をひょいと横抱きにして立ち上がった。

廊下を階段のほうへ向かって歩き出すので、仁那のほうが焦る。

「あのっ、もしかして二階に行くんですか？」

「本当は風呂場に連れていくべきなんだろうけど。こんな状態の仁那を一人にするのは嫌だし、一緒に入ると俺が我慢できない」

男の答えに甘酸っぱい想いが満ちてくる。しかし。

「お姫様抱っこしたままで階段を上るって。まつ、武臣さん、どういう筋力しているの？」

以前、大学の書道クラブの合宿で、酔っ払った後輩を部屋におぶっていこうとしたが、筋力不足もあって、仁那では上がり框《かまち》すら上がれなかった。

「普通に筋トレ。欧米だと、女性を抱き上げられないとサマにならないから。あっちだと、初夜は花嫁を抱き上げてベッドに運ぶって風習があったりもするし」

初夜。花嫁。そんな単語達に頬を赤くしていると、松代がちゅ、と唇を奪いに来た。

部屋に入り、一度壁を支えに仁那を座らせて床《とこ》をのべ、また抱き上げると今度は寝かせてくれる。

仁那を掛布でくるんだ後、松代にじっと見つめられる。

「……武臣さん……？」

「うーん。離れがたい」

「え？」

仁那が目をぱちくりしている間に、松代も布団に入ってきた。

身を硬くする前に、艶《あで》やかな笑みを向けられる。

「仁那には抱き枕が必要だろ？」

ぎゅ、と抱きしめられた。素直に嬉しい、のだが。

「あ、あの、手が」

「手がどうした？」

服の下で、男の手があやしい動きをしていた。

乳首をくにくにと揉《も》まれて、ショーツの中で腹や和毛《にこげ》を撫でられている。

醒《さ》めたと思っていた快感が、そろりそろりと呼び戻される。

仁那は赤くなりながら小さく文句を言った。

「……抱き枕はこんなことしませんが」

「まあまあ。バイブレーター機能つきと思って、楽しんでよ」

するりと、ほころんでいた花唇の中に指がもぐり込んできた。

ナカに埋めたまま、秘豆を撫でられる。

松代が彼女の頬に顔を寄せて寝息を立ててみせるが、淫らな動きは止まらない。

胸を揉《も》みしだかれ、秘豆からも甘い電流が生まれて、仁那はかすかな声をあげる。

「イっておいで」

言葉と共に、仁那は羽ばたいていった。

……やがて、すうすうと仁那が立てる穏やかな寝息を確認すると、松代はそっと布団の中から出た。

「教師の一身上の都合により、俺の個人レッスンはできず、だな。こういう日もあるさ」

屈み込んで、彼女の額に口づけを落とす。

数時間後……仁那は午睡から目覚めた。目覚まし時計に目をやって、大人達の授業の一時間前であることを知る。

起き出すと、思いのほか動けたのでほっと安堵《あんど》の息を吐き出した。

だが教室に放置されたキャミソールとブラジャーを思い出し、青くなる。

慌てて部屋を飛び出そうとしたら、ちょこんとそれらが襖《ふすま》の近くに置かれていたのだった。

＊＊＊

翌日。松代は、十五時からの小学生の授業に交ざって練習することになった。

道着を身に着けた大人が入ってきて、子供達がざわめく。

「松代武臣です。よろしく！　友達には『シロ』って呼ばれてます」

男がニカッと笑って自己紹介をした。

早速、親分肌の男子や、学級委員長タイプの女子がなにかと世話を焼き出す。

松代は素直に『先輩』達のアドバイスを聞き入れている。

だが……やがて、松代は親分と本気で墨のつけ合いを始めてしまった。

そんな様子を、熱い視線で見つめている自覚はあった。

不意に、つんつん、と上着の裾を引かれた。見ると、委員長が仁那を見上げている。

「先生の彼氏？」

なんと答えていいか悩んでいると、委員長がませた仕草でくい、と松代を指し示した。

「シロくんのこと、女子が狙ってるからさ」

親分と松代を、生徒達が取り囲んでいる。気のせいではなく、松代を応援している女子の声が多かった。

「歳《トシ》で負けてるんだから、せんせーはもっとセクシーを頑張りなよね」

……返す言葉もなかった。

授業が終わって小学生達が帰り支度を始めたとき、仁那は困った。

現在、松代の家は教室《ここ》である。

世間的には、結婚していない男女が一つ屋根の下で暮らそうが大きな問題はないが、生徒らにしてみたら、自分達の『仲間』の一人が教師と同居しているのだ。

「じゃーな。みんな、気をつけて帰れよ！　俺はこれから個人授業があるから！」

松代は墨が跳ねた顔で、もう一度ニカッと笑った。

「わかった。じゃあ、シロ。頑張れよ」

親分はとん、と彼の胸を叩くと、ちょいちょいと手招きする。

ひょいと、松代が親分の目の高さに合わせて屈んだ。親分が松代の耳に口を寄せ、大声を出す。

「せんせーはオレ達のアイドルだから！　シロ、手を出すなよ！」

そう牽制《けんせい》してきた。

「わかった」

ぬけぬけとよく言ったものだ。親分とこつんと拳をぶつけ合う。

生徒らがどう思うか……というのは杞憂《きゆう》だったようだ。彼らが帰ると、仁那と松代は教室に二人きりになった。

松代がなにか言いたげなのを無視して、仁那は後片付けに専念する。

彼女の脳裏には、松代に群がっていた女生徒達の様子が繰り返し上映されている。いい男センサーは小学生だろうが関係ないらしい。大人げないと思いつつ、仁那はモヤモヤしていた。

教室の掃除を終えてしまうと、もうだめだった。

そそくさと逃げ出そうとするが、松代に出口を塞がれた。つい、男を非難するような目で見つめてしまう。松代は真摯《しんし》に仁那を見返し、静かな声で告げた。

「手を出すなって言われたから」

松代は顔だけ寄せると、キスを求めてくる。

松代の人気を目の当たりにしてスイッチが入った仁那はぐい、と彼の首に腕を回して自分から唇を寄せた。

「武臣さんは約束してましたけど。わたしはしてませんから!」

仁那が挑発的に言えば、松代がにやりと笑う。

「じゃあ、大人のレッスンを始めようか」

言いながら松代は道着を脱ぎ、彫刻のような裸身を晒《さら》した。仁那も、作務衣《さむえ》を脱ぐ。下に着けているものも取り去った二人は、生まれたままの姿になった。

松代が畳に座り、あぐらをかく。そうして、両腕を広げた。

「仁那の思う通り、動いてみればいい」

そう言うと、松代は目を閉じる。

仁那はごくりと喉を鳴らすと、おずおずと彼の前に膝をついた。太い首に腕を回しても、松代はなんの反応もしてくれない。なぜか悔しくなって、彼女は男の唇を塞いだ。

松代の口腔《こうこう》に出向くと、舌が迎えてくれる。それで勇気を得て胸のふくらみを松代に押しつけたら、繋がり合っていた口を、首を振って離された。

思ってもみなかった拒絶に、固まりかける。

「悪い、仁那。こんなご馳走があるのに、我慢できない……」

謝るなり松代の口は仁那のふくらみをぱくりと含み、乱暴に貪りはじめた。

彼女は多幸感からほう……と息を吐き、甘える。

「仁那。寂しかったら、俺の耳を歓《よろこ》ばせてくれ」

乞われて、彼女は松代の耳にかぶりついた。かすかな反応を仁那の体が捉える。

「……っ、啼《な》いてくれ……って意味だったんだけど……、いいか。……ン」

その言葉に、弱みを見つけた、とばかりに耳たぶをねぶり、熱い息を吹き込んだ。

「仁那……」

吐息をふくらみに吹きつけられて、彼女も弾んだ息を吐き出す。

「ん……、ハ……」

目覚めはじめたばかりの先端は、松代の舌に育てられて、すぐに硬くなった。

右、左。交互に胸をしゃぶられ、吸われ、舌で転がされる。

ねっとりと乳輪を、さらにはふくらみまで舐められて、点《とも》っていた火がじわじわと強くなっていく。

下半身から力が抜けかけるが、今日の松代は仁那の体を支える気がないらしい。

それにしても、松代が与えてくれる愛撫の、なんと細やかなことか。これまでの彼は仁那にキスを贈る間も、両手を使って彼女を歓《よろこ》ばせてくれていた。冷めないように、そして高めてもくれる。優しい。

仁那は涙ぐみそうになる。

けれど今は、キスしか与えてもらえない。寂しくて物足りなくて、自分から触れることで補う。体は火照《ほて》り、肌からも快楽を生み出しては、秘処に伝えた。

「手が使えないってのはハンデだな」

仁那の胸の飾りに歯を立てながら松代は、なぜか楽しそうに言う。

「楽しませてやれなくて、すまない。だが、男と男の約束を破るわけにはいかないんだ」

胸から伝わってくる振動と不規則な動きに快感を高められて、仁那はびくびくと跳ねた。

「代わりに、使えるものもある」

両手を腰のやや後ろにつくと、松代は彼女の脚のあわいに太ももを差し入れた。

そのまま前後にスライドさせて、仁那の秘処を刺激する。

「あン……っ」

思いもかけぬ快感に、仁那は思わず男の肩に爪を立てた。

松代はわずかに眉をひそめたが、もっとしがみつけ、と言った。

「すごい、濡れてる」

嬉しそうな松代にささやかれるまでもない、彼の太ももがなめらかに動くのは。

「俺の汗より、仁那のみ――」

つ、まで言わせなかった。

松代のあごを掴んで上向かせ、激しく彼の舌を吸う。松代はそれに応えながら、太ももを上下にも動かしはじめた。淫珠と敏感になった裂け目を刺激されて、啼《な》くために仁那の唇が離れた。

「は、ぁん」

松代は深追いせず、目の前にある彼女の首筋を吸っては噛んで楽しむ。

やがて仁那が達した。

「あ、ア。は……、ん」

仁那が松代にもたれかかると、男は荒い呼吸を繰り返す彼女に優しく口づける。

「仁那。うつぶせになって」

熱を孕《はら》んだ声で命じられ、彼女は畳に身を伏せた。

「まだ、可愛がってあげてなかったからな」

声が背中に落とされて、仁那はぞくりと身を震わせる。

「うなじも、肩甲骨も美味しそうだ」

いただきますと冗談めかして言うと、松代は仁那の背中に舌を這わせた。

「ハッ、う、ぅん……」

肩甲骨に唇を寄せられた途端、仁那の体が跳ねた。

「ここ、悦《イ》いんだ」

ぺろりと舐めては、ちゅ、ちゅ、と軽い口づけを落として愛撫を繰り返す。背骨のパーツを一つ一つ舐められるたび、仁那は背をのけぞらせる。

彼女のヒップが切なく揺れた。

「仁那、腰を上げて。しっかりと太ももを締めててくれ」

ふと聞こえてきたのは、男の苦しそうな声だ。

仁那は、なんとか腰だけ持ち上げた。……上半身はとてもではないが、起こせない。

「ハ、いい眺め……ッ」

荒々しい口調で呟くと、松代は分身を仁那の太ももの間に差し入れた。そのまま、前後にスライドしはじめる。

秘処がじんじんと快楽を訴えた。しどけなく拓いた花唇のあいまを松代の竿《さお》が擦《こす》り、いやが応でも高めていく。

剥《む》けきった秘豆に松代が先端を押しあて、快感をさらに導いた。

「は、ぁん、アぁ……」

欲しかったところに、欲しいものを与えられて、仁那は甘く啼《な》く。

紅芽をオスの先端にこね上げられて、仁那は達した。

そんな仁那をよそに、松代が彼女のヒップに腰を押しつける。

「あぁん」

……ヒップも感じるのだと、仁那はぼんやりと思った。

「締めててッ」

言うなり、男の抽迭のスピードが上がる。

松代の命令通り、彼女は太ももをしっかりと締めつけた。

「ク……っ」

やがて短い呻《うめ》きと共に松代の分身が引き抜かれ、背中に熱い飛沫《しぶき》が浴びせられた。

＊＊＊

気がついたら、次の日の朝だった。

布団の中で松代に抱きしめられて寝ていたようだ。二人とも裸のままである。

……また、階段を運んでくれたのかと申し訳なく思う。今回は完全に意識がなかったから、さぞ重かっただろう。その上、布団まで敷いてくれた。松代も達していたし、そこで力尽きたのだろう。

そっと窺《うかが》ってみると彼はぐっすりと寝込んでいるようだ。

温かく、ゆるやかに上下する彼の胸に包まれて、とても幸福な気持ちである。

ホテルの日以来、初めて松代と朝まで一緒に眠ってしまった。

この男に包まれて眠るのが、どうしてか自然に思える。

彼の胸の中は気持ちよくて、もう一度眠りの国の民になれそうだ。強欲になった仁那は、もっと寝心地のいいポジションを見つけようと、もぞりと動いた。

すると、声をかけられる。

「出ていくなよ、ホテルのときみたいに」

思いのほかしっかりとした声に、仁那は驚いた。

「……起きてたの？」

「寝てる」

松代は即答して仁那を抱え直すと、再びすうすうと寝息を立てる。

しばらくは意識がはっきりしていたが、仁那もうとうととまどろみはじめ、もう一度まぶたを閉じる。

……陽が高くなる頃、仁那はパチリと目を覚ました。横を見るが、抱きしめてくれていた男はいない。

家はしんとしており、気配がない。けれど、仁那は焦らなかった。

「松代さんは、いきなりいなくなったりしないもの」

数時間に及ぶ外出のときには仁那に声をかけてくれる。予定より帰宅時間が遅くなるときは、前もって連絡してくれる。

……そもそも、二人はあまりばらばらに外出することがない。祖母宅で別行動しているときはあるが、なんとなく相手の気配を意識している。今のところ、生活用品の買い物や外食は一緒だ。

仁那はくすりと笑うと、服を持って一階へ下りた。男が戻ってこないうちにシャワーを独占させてもらう。

その後ランニングから帰ってきた松代と二人で家事をしたり、それぞれの仕事が終わった午後。作務衣《さむえ》に着替えた仁那が教室に入ってみると、道着を着込んだ松代が神妙な顔つきで正座していた。

仁那は昨夜のことを思い出してしまった。

大胆すぎた自分の振る舞いに頭を抱え込みたくなる。静心、静心と心の中で唱えながら、なんとか平静を装う。

「そ、それでは、よろしくお願いいたします」

「お願いします」

仁那が頭を下げると、松代は彼女よりも深く頭を下げた。仁那はこほん、と咳払いをして授業を始める。

「今までは直線と斜め線を練習してもらいましたが、今日は新しいメニューを取り入れていきましょう」

仁那の宣言に、松代は新しい課題への期待半分怯《おび》え半分といった顔をした。

大人でも子供でも、そこは変わらない。

「収筆。具体的には、『とめ』『はね』『はらい』を練習していきます」

始点があるのならば、終点もあったほうが練習しやすいと仁那は考えた。

松代を見れば、真剣な表情だ。連日正座しているせいかサマになっており、彼のストイックな美しさにドキドキしてしまう。

仁那の授業のときの彼は一途で、ときに可愛い。

仁那が手ほどきされるときは、彼は猛々《たけだけ》しさを裡《うち》に秘めながら根気よく彼女を導いてくれる。男の優しい、慈しむような眼差し。大切なものに触れるようなキス。愛おしくてたまらない、といった様子で自分に触れてくれる。

——怖い、と思う。

彼の顔も知らずに妄想を楽しんでいた高校の頃はまだよかった。

今度は実体をともなった分、たちが悪い。

触れ合った感触、コロンの匂い、彼との会話。松代との約束の一ヶ月が終わった後で、そういった記憶が不意に襲ってきて、仁那をがんじ搦《がら》めにしそうだ。

——まだ、その『時』は来ない。

……静心、と呟くことが、松代と知り合ってから多くなってきた。仁那はこほんと咳を一つして、喉の調子を整える。

「今日は縦の『はらい』からです。入りはどれも同じ、左斜めからになります」

まずは彼女が線を引いて見せる。

松代はじっと見た後、ほんとだと小さく呟いた。

仁那は思いついて、『とめ』と『はらい』を一枚の半紙にしたためる。

「見てください。線ですが、『とめ』と『はらい』の途中まで太さは一緒です」

手で最後の処理だけ隠すと、おおという声があがった。

「最後が細くなれば『はらい』。太さをキープしたままだと、『とめ』になります」

仁那が言う言葉をそのままぶつぶつと繰り返す松代の表情はひたむきな分、幼《わか》く見える。

彼を見守るうちに仁那から邪心が抜けていき、浮き立っていた心が穏やかになっていく。

ふと思いついて、横線を足してみた。

「これで、『十』になります」

松代が再び感嘆の声をあげた。

仁那は新しい半紙を取り出す。

「縦書きで『はね』るときは、四十五度を目指すと綺麗です。『はらい』と一緒で最後は細くなります。……はねってレンゲに似てるなぁ」

「え？」

最後は完全に仁那の独り言だったが、彼に拾われてしまった。

「……中華屋さんのレンゲに似てるな、て」

視線で促され、仁那は小さな声で付け足した。

松代は脳内で己のイメージと照らし合わせたのだろう。数秒ののちに噴き出した。

「す、すみません！　でも……そうか。堅苦しくなくていいんですね」

松代のしみじみとした声に、仁那は肯定してから『水』『木』と順に書く。

「『水』は跳ねるから、漢字でも『はね』ます。でも『木』の根っこが跳ねると、どうなりますか？」

「枯れます！」

「そう、だから『とめ』るんです」

松代は仁那の言葉の意味を理解すると、パッと顔を輝かせた。

「すごいな……。漢字って事象を表しているんですね！」

和やかな空気のまま、次に進む。

「字を書くにあたって、転折《てんせつ》は外せません。ん……」

松代の顔をちらりと見ると『マタ、知ラナイ単語ダ』という顔をしていて、ついにやけそうになる。

松代という人間はクールに見えて、表情が豊かだ。

どう説明しようか。仁那は自分と松代の間を橋渡ししてくれる言葉を探す。

「教習所のクランクみたいなものです」

わかってくれるといいなと願いながら言うと、なるほどと納得してくれたようなので、仁那は胸を撫で下ろした。続けてまたいくつか漢字を書いて見せる。

「横線より縦線が太くなるんですね」

松代が世紀の大発見をしたような声で言う。

「そうです」

「『目』はまっすぐなのに、『口』の右側の縦線は斜めです！」

「はい。字を格好よく見せるコツといいますか……他の字とのバランスというか」

仁那は、今度は『目』の右側の縦線を斜めにし、『口』の縦線をまっすぐに書いてみた。

松代がじいと見て首を捻《ひね》る。

「……奇妙になりますね」

「単語や長文を書くときには、バランスに気をつけてみてください」

続けようとしたら、松代が顔を上げた。

「あの。先生が持つ筆を上から握らせてもらえませんか」

「え？」

「前は俺の握った筆を先生に動かしてもらったんですが、力が入りすぎてしまって加減がわからなくて」

体得してもらえるならどんな方法でもいいか、と仁那はうなずく。

すると松代は立ち上がり、仁那の筆の掛け紐あたりを掴んだ。

増えた重量はわずかなものだが、それよりも、背中に松代の存在をひしひしと感じる。

彼の呼吸に耳をそばだてている自分がいる。気のせいか、彼の体温も感じ取ってしまい、体が疼《うず》く。

仁那はせいしん、と心の中で呟いてから筆を動かした。

「『はね』です。筆は左斜めから垂直に下ろし、止めてから左に向けて筆を紙から離します」

横下に、という声と共に男の息がうなじにかかる。……なんとか叫ぶことは我慢できたものの、仁那の体がぎくりとしたことがバレたようで、すぐに謝罪された。

「失礼」

するっと普通の声で言われる。

――そ、そうだよね。わ、わたしだってわざとじゃなかったし！　へ、平気だからこれくらい！

動揺が筆に伝わらないようにと祈る。

そこでふと、気がついた。

松代のほうが仁那より少なくとも二十センチは背が高い。中腰で辛い体勢だろうに、まったく寄りかかってこない。

松代の、相手に負担をかけまいとする心の賜物《たまもの》なのだろう。仁那は感心した。

見習うにはまずは腹筋のトレーニングをしなければ。

……しかし、松代もさすがに辛かったのだろう、彼の強靭《きょうじん》な集中力が途切れたようだった。

仁那が早めの休憩を告げると、男が気持ちよさそうに伸びをする。

彼女もほうっと息を吐き出してから気がついた。自分の体も、ばきばきである。

「お手洗いに行ってきますね」

声をかけて、そそくさと教室を後にした。

トイレの中で首を回したり、伸びをしてみる。

それから用を足したときに、ぎょっとした。秘処が蜜でぐしょぐしょになっている。どうしてなのかはわかっている。背後の松代を意識しまくっていたからだ。

「静心っ！」

ぱん、と両手で頬を叩いてから教室に戻った。

松代は夢中になって練習をしている。こちらを気にする様子もない。

仁那も反故紙《ほごがみ》を入れていた容器から紙を取り出して、練習を始めた。

墨で書いてあるものの裏には朱で。仁那自身が手本用に朱で書いたものの裏には墨で。

しばらくして、松代が一息ついたようだった。

彼に自分の練習を見られていることには気がついたが、手は止めない。自身も十枚くらい練習しまくって、ほうっと息をつく。

「すごい！」

感動したようで、松代が拍手して賞賛してくれた。

仁那はそれで少し自信と、自身を取り戻した。

「ずっと気になってたんですが、こいつらはどうするんですか？」

松代が反故紙《ほごがみ》を指差す。

……驚くほど平坦な声だ。先ほどまでのことをなんとも思っていないことが知れて、複雑である。

ムッとして、つい松代の問いを無視してしまった。途端に後悔する。……今日のことで、先日の彼が味わった気持ちを共感できたと、素直に言えばよかった。

しかし、どうリカバリーしていいかわからなくて作業を続ける。

「リサイクル？」

松代が仁那の機嫌を窺《うかが》うように訊ねてきた。

「出せないんです」

「え？」

紙から墨汁を抜くことが難しいので、反故紙《ほごがみ》はリサイクルに出せない。なので、色々なことに利用して最後は燃えるゴミで出すと教える。

「そうなのか……」

松代が意外と真剣な顔になった。

「高坂流ホームページの『リメイクコーナー』の意味がわかりました」

「読んでくれてたんですね」

ありがとうございます、と自然に笑みを浮かべることができた。

すると松代が隣に座って仁那の髪を手にとり、そこに口づけた。彼女が口を開くより前に、男が謝罪を口にする。

「ごめん。自分が逆の立場になって、あの中腰がきついことに気づいた」

松代はすまなそうな顔になり、彼女の頬を汚れていないほうの手で撫でる。

「だから今、仁那は怒っていい。あのときの俺のやり方は不当だった」

松代がちゅ、と彼女の唇にキスをした。ん……と、仁那はその温もりを受け入れる。仲直りができて、仁那の心が柔らかくなった。

「他にはリメイクの方法ってあるの？」

訊ねてくれたので、仁那は裏も書き切ってしまった半紙で紙縒《こよ》りを作って籠《かご》を作ったり、継ぎ合わせて紙のエプロンを作ったりしていると答えた。

「道着を導入する前、紙のエプロンを生徒につけさせていたんです」

「エプロン？」

……怪訝《けげん》そうな松代からクレームが入る前に、仁那は急いで言う。

エプロンを得て安心した子らは、思いっきり墨を跳ね飛ばした。紙製エプロンは濡れてしまえば破けるので、作っても作っても間に合わない。さらに生徒達は天才的で、エプロンで覆っていないところばかりを汚す。

「親御さん達からクレームが入って、どうしようと対策を協議したんです」

結果、丈夫で乾きやすい道着を導入したのだ。

紙エプロンのほうはある程度枚数を作ったら、近くの老人ホームにプレゼントしている。

「納得」

松代は微笑むと、仁那の鼻をぎゅ、と摘んだ。彼女がぷうとふくれると、すかさず唇を盗みに来る。

「でも、男の子扱いされて癪《しゃく》に障ったのは本当。ほら、小学生男子って構ってほしいから女教師にちょっかい出すのがデフォルトだろ？　あれも好きな子いじめの一環だよな」

そんなことを言いながら仁那の耳を食《は》み、手が服の上から胸を揉《も》みしだく。

「……さっきまでの仁那。うなじが色っぽいのに背中が凛《りん》としてて。感じまいとしてるのが、けなげで。後ろから襲いたいのを我慢してたんだ」

だから今襲わせて、とささやかれ、うなじに歯を立てられた。

＊＊＊

翌日。仁那は誰かさんのせいで、しゃがれ声で授業を始めた。

「今日は『永字八法』を書いてみましょう」

「……エイジハッポウ」

――松代さんの頭の中は今、ハテナとカタカナが飛び回っているんだろうな。

考えながら、仁那は『永』の字を書いてみせる。

「この字には、今まで学んできた筆遣いが全て含まれているんです」

「一文字に！」

仁那は次に『三』を書いた。

「これはなんと読むでしょうか？」

これまでの授業でこの文字を見本として提示しなかったのには、理由がある。

松代はよくよく確認してから答えを口にした。

「……さん、ですね」

いまさら？　という声だった。彼の疑問は想定内である。

「横線には三パターンあるんです。……『そる』」

『三』の一番上の線の下に、朱色で右上がりの細い矢印をかき込む。

「『平らにする』」

二番目の線の下に平行な矢印を書く。松代の目が大きく見開かれた。

「そして『ふくらます』」

ひときわ長く書かれた三番目の線の下に、緩やかなカーブを書く。思いついて、その下に平らにした矢印も書き込んだ。

「綺麗でしょう?」

訊ねれば、言葉もなくうなずかれた。

「一番目と三番目の太さは同じ。二番目はやや細めにするといいです」

『三』に縦棒を足して、『王』の見本を示した。

やる気満々の松代がひたすら書きまくった一時間後。

「次は聯落《れんおち》に字を書いてみましょう」

とうとう許可した仁那に、松代が居住まいを正す。

「やっとですね」

感動なのか、畏れなのか、男の声は震えていた。……おそらく聯落《れんおち》という紙は大きさ以上に松代にとって巨大な壁なのだろう。

「はい」

「……俺は申し込みのときに聯落《れんおち》だけをと言ったのに、どうして半紙に書かせられるのか、正直納得いきませんでした」

そうでしたね、と同意すると、松代の目がほんのわずか大きくなった。

半紙に書くよう指示した瞬間の、彼の目を思い出す。反発と焦燥の色。この人には時間がないのだと思った。

「でもあなたは正しかった。俺はまともに『一』の字も書けなかった」

我を通して大きな紙で書いていたら、大きさに呑まれて心が折れたかもしれない、と彼は呟いた。

「俺の気持ちをわかっていながら、あえて一から導いていただき、ありがとうございました」

頭を下げた松代に、仁那も涙ぐみそうになる。

「……こちらこそ理解していただき、ありがとうございます」

松代は大人だ。仕事で難解な語句も駆使してきたはず。そんな彼が『一』から始めるのだ、どれだけ屈辱的だったろう。

けれど、男は最初に筆先を紙に置いた瞬間、自分の意図を汲んでくれたのだ。

「俺は、師があなたでないとここまで歩けなかった」

男が仁那の頬に手を添える。

「ありがとう。これからもよろしくお願いします」

「はい」

二人は微笑みを交わし合うと、文机を挟んで距離を作った。――これが『書道教師・仁翔』の授業のときの二人の距離。

「『永』の他は『己』『九』『丸』という字にも、基本が入ってます」

仁那は聯落《れんおち》を目分量で七つに折る。

「折っていいんですね！」

そう質問した松代の目がやたらキラキラしていると思いながら、仁那は首肯した。

「初めのうちは。字の大きさを体得するまでは、文字数に応じて折ってみてください」

「……あの。折れ線がなくなったりは」

質問の意味を測りかねて松代を見つめると、期待に満ちた瞳をしている。

「なくなる……？　折り目が消えるかということでしたら、残ります」

仁那の答えに、松代はあからさまにがっかりした。

「どんな競技会や展示会でも『提出する作品に折り目をつけてはならない』というルールを設けているところはないと思います」

途端に松代がほっとした顔になったが、仁那は悪いと思いつつ続ける。

「でも、審査する先生方は字のバランスを見ていますから、『折らないと書けないのか』とは思われるでしょうね」

誰が批判しなくとも、書いた本人が恥ずかしいかもしれないと暗に伝えた。

「……ですよね」

松代が、再びがっくりとうなだれた。

「折って書けるようになったら、隣に見本を置いて書けるようになりましょう」

仁那が言うと、男はちょっと目を伏せた。道のりの長さを考えたのだろう。彼女は生徒の、ひいては松代の困った表情に弱い。けれど、手出しできることとしてはならないことの境界は守らねば。

ところが、松代はすぐに顔に闘気を浮かべると、一心不乱に自主練習を始めた。

その様子に、今日は松代の手ほどきはないのだと、仁那はがっかりしてしまう。

落ち込んだ自分に気づき、決して期待していたわけではない、と慌てて自分に言い訳をする。しかし、自分を偽ろうとするのはやめようと考え直した。すると、残念な気持ちがよりはっきりしてしまう。

こっそりとため息を逃がした後、仁那は気分転換のために、あることを試してみようと思いついた。

初めて会った日、兄が呼んでいるように松代を『シロ』と呼ぼうとしたら、氷のような態度で拒絶された。

仁那は未だに呼べていないのに、小学生達は男を『シロ』と呼んで、じゃれている。

大人げないが、小学生らがうらやましい。

男が熱中している今なら、仁那が呼びかけても聞き逃してくれるだろうか。

上手くすれば、「なんだ?」と無意識に返してくれるかもしれない。

仁那は少しドキドキしながら、自分でも聞こえるか聞こえないかくらいの声で呼びかけてみた。

「シロ、さん」

途端。

「仁那は友達じゃない。君からはその名前で呼ばれたくない」

ぴしゃりと言われてしまった。

仁那は固まってしまい、男の凍《い》てついた背中に一言も声をかけられず。彼が精根尽きて畳に転がり、寝落ちするまで、立ち去ることもできなかった。

……真夜中、階下で松代が遠慮がちに動き回る音を、眠れない仁那は布団の中で聞いていた。シャワーを浴びているらしい水音が途絶えた後、階段を上がってくる気配に慌てて頭まで布団をかぶり、嘘の寝息を立てる。

すらりと、仁那の部屋の襖《ふすま》が開いた。

どきどきどき。彼が布団に入ってきて、自分を抱きしめてくれるかなと、期待に体が甘く火照《ほて》る。

が。松代が室内に入ってくることはなく、襖《ふすま》は遠慮がちに閉められた。

ショックだった。寂しさが後からやってくる。

ぽろりと、仁那の目から雫が落ちた。最初の一粒が流れてしまうと、あとからあとから涙がこぼれ落ちる。

——今晩は、泣いちゃだめ。我慢しろ、わたし。

明日はＴＶ局の仕事だ。寝不足の肌や泣き腫《は》らした目をしてスタジオ入りしたら、メイクスタッフから小言を受ける。

仁那は番組について思いを馳《は》せた。

実は仁那は収録を楽しみにしている。スタッフも仲がいいし、生徒役のタレント達も楽しみにしているようで、熱が入るからなんだかんだで一日がかりだ。

……初めこそ『生徒』であるゲストの大物タレントに萎縮《いしゅく》してしまい、上手く指導できなかった。

『あなたは先生です。迷える羊を連れ戻すボーダーコリーのようにきびきびとした授業をしてください。……まあタレントさん達は、迷える子羊にしてはだいぶ大きいですけど』

プロデューサーに言われて楽になった。

放送自体は毎週一回だが、紫藤が教える書道の日は月に一回。その月の放送日当日に翌々月の分を収録することになっているので、視聴率がリアルタイムでわかってしまい緊張するけれど。

プロデューサーからは『紫藤先生はいつも通りであれば問題ないです』と言われている。

普段のように歯に衣《きぬ》着せぬ、生徒の書の実力が向上することだけに集中している美人書道教師を演じるのだ。

「寝ないと……」

仁那はぎゅっと目を閉じた。

＊＊＊　松代サイド　＊＊＊

翌朝。

松代は自身にあてがわれた部屋で、ゴロリと畳に寝転がっていた。

今日は仁那が出張らしく、二人は別々の時間を過ごす予定だ。

彼女はもう出かける準備をしていて、階下から聞こえるかすかなシャワーの音を意識してしまい、心臓がうるさい。

自分が彼女の肌を刺激して、火照《ほて》らせたい。己の体に生じた熱を誤魔化すように、松代はくしゃりと髪をかき上げた。

「……高坂仁那、か」

初めは仁那を、和登から引き離せればよかった。

しかしホテルで語られた、仁那自身の書道の経験と教えるに至った経緯、そして彼女の心ばえに、堕《お》とされたのは松代のほうだった。

「ミイラとりがミイラになるなんてな」

自嘲するが、恋とはそんなものなのだろう。

離れがたくて彼女と一晩を共にしてしまったが、ホテルでは仁那の服を脱がせて抱きしめただけ。最後までは奪っていない。我慢できずにキスマークをつけただけである。

「俺のことを愛してくれてない女性を一晩中、己の腕の中にしまい込むことについて罪悪感はあったが」

仁那が愛おしくて手放せず、『酔っ払っている彼女が心配だから』と自分に言い訳した。

しかし抱けない女とベッドを共にしながら、あんなに幸せな時間を過ごしたのは初めてだった。

「彼女が目覚めたら、心の裡《うち》を告げようと考えていたのにな……」

気持ちを伝えていたら多分、抱いてしまったかもしれないが。でも、仁那が嫌がれば彼女の心が自分に傾くまで待つつもりだった。

「だが、逃げられた」

それほどまでに和登を愛しているのかと、心が劫火《ごうか》に灼《や》かれた。自分を堕《お》としておいて、勝ち逃げはさせない。松代は仁那を追いかけた。

彼女に再会した途端、松代は仁那の印象が一日でがらりと変わってしまっていることに気がつく。道路まで掃き清められていた家の周辺。水を打ってある玄関に、艶《つや》光りしている廊下や柱。声高に存在感を主張しないが、そこここに飾られた書や花。

『……この花』

松代は顔が緩みそうになった。自分が贈った花束が丁寧に活けられている。

——彼女は、こんな隅々にまで気を配る女性なのだ、と。

今まで出会った女性の多くは松代の美貌に見惚れたが、仁那は違った。

確かに彼女も自分の顔や体をお気に入りのようだが、目を合わせて堂々と渡り合う。

……仁那自身の申告通り、彼女は男慣れはしていない。

物静かで清らかに見える彼女であったが、焦るほどに面白い言葉がぽんぽん飛び出すので、ついからかってしまう。そして、松代には、彼女の内側にいる、愛を欲しがる生身の女が見えていた。

仁那の授業のときは、凛《りん》とした彼女が見られて楽しい。書道教師である自分に信を置き、確たる芯を持っていることを感じさせる。

「……仁那の、生徒を見守る眼差しはとても柔らかい」

松代は、時折仁那が自分のことを、他の幼い生徒達と同じように見つめていることを知っている。

嬉しいが、男として見られたい。自分は彼女を女として愛している。

そういうときは熱を込めて仁那をじっと見つめると、視線を感じるのか彼女とバッチリ目が合う。が、いつも慌てて逸らされる。松代としてはもっと視線を絡ませたい。しかし、火が出る勢いで頬を染める彼女も愛おしい。

歯痒《はがゆ》いほどの手間と時間をかけ、ようやく仁那が砕けて接してくれるようになった。彼女が自分に心を許してくれているようで、とても嬉しい。

どんな状況でも、気になる女性の興味を引けるのは幸せなので、つい彼女をからかい怒らせることも多い。まるで恋を初めて知った男のような浮かれっぷりに、我ながら呆れてしまう。

けれど男を怖がっている仁那が、自分に愛されて花開いていく様を見せてくれるのが、男としてなにより嬉しく誇らしい。……それは松代だけの特権のはずなのに。

「仁那の『女』の部分を、他の男も見たことがある……」

親友ももしかしたら仁那の本当の姿を知っているのかもしれない。そう思いついた刹那、心臓をバーナーで炙《あぶ》られた心地になった。

「あんなに経験値が低いんじゃ、そりゃ一発でクロに落ちるだろ」

なんせ自分の親友は、自慢してもし足りないくらいいい男なのだから。胸がギリギリと痛い。

「好きな女が親友に夢中。しかも二度目とか。俺、神様に恨まれるようなことをしたつもりはないんだが」

親友は仁那のことをどう思っているのだろう。

ふと思いつき、松代は和登からの最新メールを確認する。

仁那を丸め込んで同棲を決めた日、和登から「硯《すずり》」とだけ添えた写メが送られてきていた。

硯《すずり》を作る職人である親友は、暇を作っては硯《すずり》作りに適した石を求めて世界中を旅している。

『石より紫藤先生とデートしてやれよ』とからかいの返事をすれば。

『そうだなー。久しぶりに、あいつとしっぽり日本酒でも呑むか！　紹介するからお前も来るか？』

そんなお誘いがあったが、もちろん丁重に断った。

今の松代は、紫藤瑞葉には関心の欠片《かけら》もなくなっている。

自分が海外に滞在していた頃に和登がくれた、過去のメールも読み直してみた。

「仁那のことは書いてないな」

世界各地の名物料理、出会った人々、あけすけな恋愛話。だが、親友からの文面はどこまで遡《さかのぼ》っても、『仁翔』の『に』の字もなかった。

「仁那がクロへ一方的に想いを寄せているだけなのは、確実のようだな」

好都合と松代は薄く笑う。もう、自分の心は決まっている。

「体からでもいい、仁那を堕《お》とす」

惚れた女に、自分と同じくらいの熱量を返してほしい。仁那が和登にどれだけの熱情を抱いていているかわからない。

だが自分を選んだことを後悔させないくらい、幸せにしてみせる。

「俺にしか感じないようにさせてやる」

松代は愛し愛された相手と抱き合ったことはない。けれど、好きな女を抱く至福は知っている――それは罪深さとセットではあるが――。だから少なくとも、彼女を欲しくてたまらない男の愛し方を教えてやることはできる。

「まずは彼女を口説く資格を得ないとな」

仁那はなにも言ってこないが、今の自分は無職だ。

これから家業に就くが、御曹司の面接ということで、最初から重役面接となるだろう。

晴れて仁那を求めるためにも、次期当主としての力量を示さなければならない。

松代は部屋に置いてある座卓に向かった。


数時間後。

「……この辺にしておくか」

ふうと大きく息を吐き出すと、松代はゴロリと畳に寝転がった。

初代当主からの家業の歴史や、製造している菓子の種類は、子供の頃から叩き込まれている。

株価の動き、和菓子業界のトレンド、自社の今後の行く末について。全国展開している各店舗の売り上げ、客層ごとの売れ筋。製造部門の社員の育成、原材料の仕入れ、現場の意見の吸い上げなど。

学ぶことは多岐《たき》にわたる。しかしワクワクしてもいる。

中に入らねばわからないことがあり、外から眺めているからこそわかることもある。

現在作成しているレポートは、入社時にプレゼンするための資料だ。推敲《すいこう》は必要だが、家業に新風を吹き込めると確信している。

しばらく天井を眺め、松代は腹筋を始めた。脳を使った後は、体を動かすことにしている。

「目下の問題は書道の姿勢だな」

松代が書かねばならない聯落《れんおち》というサイズの紙は大きい。体を固定したまま腕だけを伸ばしては、バランスの崩れた字になってしまう。

書くにあたって色々な姿勢を仁那が教えてくれたが、松代は椅子に座ったままでは書けなかった。

「紙の真上からアプローチするには、正座からの中腰が楽な気がする」

松代が気に入った姿勢は、意外に腹筋と背筋を使う。四つん這いの体勢になるのに、紙と筆があるせいで両手で体を支えられないからだ。

「コアを鍛えておくのは、習字にもいいかもしれないな」

思いついて背筋のトレーニングも追加した。捻《ひね》る、伸ばす。

ジャンプを用いるメソッドは、庭にそれだけのスペースがあるか、後で確認しておくことにする。……気がつけば筋トレやストレッチをして、一時間ほど経過していたようだ。

「っと、こんな時間か。……今度は字の練習をするか。『字が汚いから当主と認められない』なんて、許されないからな」

松代はシャワーを浴びるべく道着を持って階下へ移動した。

既に仁那はおらず宅内は静まり返っているが、家のそこここに二人で暮らしている空気がある。

驚くほど短期間で、仁那との生活が肌に馴染んでしまった。同棲するのは仁那が初めてであるが、毎日が快適で、驚きと喜びに満ちている。

「この家で、このまま結婚生活に突入してもいいな」

互いの腕の中で眠り、共に目覚めて、一緒に年をとっていく。仁那とのそんな暮らしが簡単に想像できる。それだけに。

「……彼女がいないと、こんなに寂しいのか」

シャワーに打たれながら、松代はため息をついた。

「だけど出張先の教室まで参加したら、単なる危ない男だよな」

習いたいからというより、仁那の近くにいたいだけだったから、涙を呑んだ。

教室仲間の親分やその他の小学生が、いっぱしの男の目で彼女を見ているのにも嫉妬している。

大人げなく『自分の女』だと誇示したくなる。

ましてや、自分の知らないところで仁那が男に微笑みかけ、筆を持って指導するなんて。

ムカムカする。本音を言えば自分以外の男の指導はやめてほしい。……自分は本気の女にはここまで心が狭かったのかと思う。

時任と、別れてはよりを戻していた十二年間。一方的に振られた期間にショートタイムの恋人はいた。けれど、性欲を解消するのとパーティに出かけるのに都合がよかっただけ。

時任とのことで恋愛に疲れた松代は、その後の女性とは淡々としたつき合いを繰り返してきた。

それが再び、一人の女に執着するとは予想もしていなかった。

「仁那が帰ってきたら、ねちっこく抱いてしまいそうだ」

大事にしたい一方、壊して閉じ込めてしまいたい。――そこまで考えて苦笑する。

「セックスを覚えたてのガキみたいだな……いや、もっとやばい奴だ」

自分の言葉に灼《や》かれ、松代はシャワーのコックを捻《ひね》って温度を水にした。

……ようやくシャワーを浴び終えて道着に着替え、紅茶を淹れるために台所へ入る。

自習するようにと、課題がテーブルに置かれている。『半紙と聯落《れんおち》それぞれに、昨日練習した文字に己の名前を添え書きして、ベストを一枚ずつ提出するように』との指示も添えてあった。

意外と丸っこい字に、つい唇を当てそうになる。

「ハ……俺がストーカーじゃないか」

親友に横恋慕しているだけの仁那が可愛いレベルだ。頭を切り替えるように、慌てて課題を持って教室に行く。

用具を準備して、いざ書き出そうとするときに自分の筆をまじまじと見た。

仁那が筆を持って書いて見せてくれたことを思い出す。墨を扱い水を使うため丁寧にケアをしているのだろう、とてもなめらかで女らしさが匂い立つような手と指だった。

「仁那が怖がらなければ、彼女に扱《しご》いてほしかった」

……おそらく興奮しすぎてすぐに射精《だ》してしまうだろうから、あまり長くは楽しめなかっただろうが。

ふ、と松代は笑みを浮かべる。

彼女の気質も見た目もどこもかしこも気に入っているが、ことさらに。

「仁那の筆を持つ指に惚れてるのだと告白したら、隠してしまうに違いないな」

思い出しはじめると、体が熱くなってきた。

仁那が帰ってきたらねぎらってあげよう――彼女にとっては快楽に堕《お》とされることだが――。挿人に至らなくても、互いが気持ちよくなれる方法はいくらでもある。

彼女の柔らかな肢体。まだ、指や舌でしか知らないが、それでも熱かった蜜路《ナカ》。甘く、なめらかな肌を体全体で感じたかった。血流が腰のあたりに集中しはじめる。

「まずい。なんだっけ。……そうだ、静心だ」

松代は、はぁーっと息を吐き出した。

深呼吸を何度か繰り返すと、情欲は徐々に収まってくれた。

ほっとして、床に用意した紙と向き合う。

書いているうちに、字のバランスについてだんだん混乱してくる。

一休みすることにして、松代はタブレットのカレンダーアプリを開いた。

「あー……。間に合うかな」

父親からの課題を克服する準備期間としてひと月ほどをあてていたのだが、松代は少しばかり自信が揺らいでいた。

「……『何段以上であること』といった明確な規定はないが」

しかし当主になれば、人前で揮毫《きごう》することも求められるだろう。ある程度、書き慣れていなければ話にならない。進んでいくしかない。

「……にしても、遅いな」

時計を見ると二十時を過ぎていたが、仁那からの連絡はない。

彼女としては休日も兼ねていて、自由な時間を満喫しているのかもしれない。

そうは思いつつも、内心もやもやしてくる。

『遅くなるようなら迎えに行く』

教わっていたメッセージアプリにメッセージを送ろうとして、やめた。

「なにを束縛しようとしてるんだ、俺は。……彼女の恋人でもないのに」

恋人でもない、という己の言葉が心臓のあたりを苛《さいな》んだ。

こんなにも濃密な時間を過ごしているにもかかわらず、二人の間にはなんの約束もない。仁那が松代に連絡しなければならない義務もない。彼は少し、弱気になった。

「特別だと思っているのは、俺だけってことかな」

彼女にとって、松代は書を習いに来ている生徒の一人だ。たまたま寝食を共にしているだけ。淫らな触れ合いも、仁那にしてみれば『学習時間』に過ぎないのかもしれない。

だが、自分は。

「彼女が抱いているセックスへの恐怖心を、俺が取り去ってやりたい」

紅潮した頬に潤んだ瞳、松代がたくさんキスをしたせいで腫《は》れぼったくなった唇。見ているうちに、もっと欲しくなって止まらなくなる。

心も体も固まっていた彼女がやがて溶け出してくる。リラックスした表情を浮かべている仁那を見ると、己に心を預けてくれている証しのように思える。そのときに感じる多幸感は、仕事を成功させたときの高揚感を遥かに上回った。

「……彼女にキスをしたのも、手を出したのも。単純に、仁那が欲しかったからだ」

体だけでは足りなくなっていた。

「心も欲しい」

互いの身も心も分かち合って、彼女との時間を育んでいきたい、一生かけて……。ふと思い出す。

「そういえば昨日、仁那から『シロ』と呼ばれたな」

『シロ』とは、親友である和登から初めて呼ばれた愛称だ。仁那と初めて会った日、彼女が口にした。だが、そのときは自分のことを知っているらしい彼女がおぞましくて、反射的に拒んだ。

昨晩は和登から教わったのだと思った途端、悋気《りんき》に支配されてそっけなくしてしまった。

『(惚れている)君からはその名前で呼ばれたくない』という己の発言が彼女にどう響いたか、松代は気づいていない。

松代はイライラした気持ちを誤魔化すように、TVをつけた。

今日はお気に入りの番組の放送日なのだ。バラエティ番組『教えて、先生!』である。

習いたい芸能人を生徒役にして、様々な職種のプロが学ぶコツを伝授してくれる。イラストであったり、スポーツであったり。今日は書道である。

「久しぶりだな」

彼がこの番組を見はじめたのは、まだ海外にいたときだった。

次期当主になることを決めたとき、浮上した問題。松代は動画サイトなどを必死に探して、ある番組情報サイトに行き着いた。

『モデルか女優のように美しい』

『儚《はかな》げな容姿に似合わず、歯切れのよい口調で物申す』

書道コーナーで講師を務める紫藤瑞葉についてそんな声が多くあったが、松代が彼女を気に留めたのは、『教え方が上手い』との評が多かったからだ。

実際に視聴してみた。

楚々《そそ》とした美女が、大物芸能人をばったばったとなぎ倒していくのは、勧善懲悪ドラマかコントのようで爽快である。しかし、それだけではなかった。

紫藤の辛口コメントには生徒への愛が溢れているから、女性にも人気がある。

それと、意図してはいないのだろうが。背後のホワイトボードを見せるために体を捻《ひね》ると、なまめかしい体のラインがあらわになるので、男としてひそかに楽しんでいた。

「っ」

番組が始まり、画面に映った講師を見て、松代は息を呑んだ。

緩くシニヨンにまとめられた髪。動きやすく、それでいて華やかな衣装。化粧して美しさが光り輝かんばかりの教師は——仁那その人だった。

「え?」

まるっきり別人に見えるメイクだが、時折目を伏せる仕草や、コメントに困ったときの顔。突拍子もない喩《たと》え。低めで落ち着いた声なのに、最後だけかすかに語尾が上がる喋り方。

どう見ても、仁那本人だ。

「どういうことだ……。仁那が、紫藤瑞葉?」

松代は慌てて紫藤のプロフィールをネットで検索したが、出身地以外なにもヒットしない。

そこで、仁那について何も知らないことに気づいて愕然《がくぜん》とした。

どこで生まれ育ったとか、年齢すら。彼女が自分のことを探ってこないのをいいことに、松代もまた、彼女のことを知ろうとしていなかった。

「それに、ホテル・エスタークでの一夜」

仁那に堕《お》ちる前に予約したセレブ御用達ホテルにエステ、服や花束のプレゼントやディナー。

不思議なことに、仁那は狂喜乱舞もしなかったが、萎縮《いしゅく》もしていなかった。当然だ。番組で出演者らにデートに誘われることもあったはず。

「俺がこれみよがしに用意したプレゼントは、彼女には飽きるほど見慣れたものだったのかもしれない」

それなのに、自分はハイソサエティー気取りだった。自分は井の中の蛙《かわず》で、とんだ道化だと、松代は苦々しく思う。

次いで、あることに思い至って衝撃を受けた。

「彼女が仁那ということは……クロと彼女はつき合ってるのか？　……いや」

和登の慌てふためいた様子に、親友への想い入れをあらわにしていた仁那の態度。

無意識に松代の口から呻《うめ》き声が漏れる。

「仁那とクロは両想いなのに、互いに片想いだと思っているのか？」

高校のときの悪夢がよみがえった。

自分のせいで好きな相手とつき合えなかった和登。

それがあったから、親友を幸せにするためなら、松代はなんでもやる覚悟だった。今もその誓いは変わらないのに。

……松代の胸に生まれたのは、友人の恋を踏みにじっても仁那が欲しいという、狂おしい感情だった。

第五章　過保護大明神と片想い男、あいまみえる

＊＊＊　和登サイド　＊＊＊

祖母宅で、松代が裡《うち》なる劫火《ごうか》に灼《や》かれている頃。

収録を終えてＴＶ局の建物地下の駐車場にやってきた仁那に、双子の兄、和登は車の中から手を振った。

仁那が書道具を入れたキャリーケースを引きながら近づいてくる。

「お疲れ！」

「いっつも、ありがとね」

「愛おしい妹のためなら、喜んで」

和登はおどけたように返事をして車を降り、荷物を積み込むのを手伝ってやる。

『紫藤瑞葉』の私生活を暴こうとするゴシップ記者がいるかもしれないので、和登はいつも仁那を助手席ではなく後部座席に座らせる。

仁那もＴＶデビューした当時のわずらわしさを覚えているから、素直に後ろの座席へ乗り込んだ。

……仁那がＴＶ番組に出るようになったのは、とあるドラマのディレクターが、友人の和登を頼っ

てきたのがきっかけだ。

手が綺麗で流れるような字を書ける女性、というオーダーに見事適った仁那は、平安時代のドラマで女流歌人の『手元』役として起用された。

そのドラマの撮影現場を、たまたまバラエティ部門のプロデューサーが見学していた。彼女に見出されて『美しすぎる書道教師』プロジェクトが立ち上がり、現在に至る。

「和登、今回の旅行は長かったんじゃない？」

「ああ、でもいい石に出会えた」

「じゃあ、これからしばらくは工房にお籠《こ》もりなんだね」

「そうなるな」

駐車場を出て高速に乗ってから、和登は仁那にさりげなく訊ねた。

「婆様の家での暮らしはどうよ」

バックミラーをちらりと見る。

「ああ……うん、まあね」

仁那の声が沈んでいる。

窓の外を眺めている憂《うれ》いを秘めた顔は、妹ながら色っぽい。かつて自分の親友に恋していたときと、同じ表情だ。

和登は自他共に認める重度のシスコンである。幼稚園のときから、妹に寄ってくる男どもを撃退してきた。

仁那が女子高に進学してくれたときは、大いに胸を撫で下ろした。それ以降も妹可愛さで、共学である自分の高校の情報には触れさせなかった。

しかし、様々な相手と恋愛ごっこを繰り返す仁那や親友を見ていると、度々考える。妹と同じくらい大事な男が、よりによって自分の大嫌いな女性とつき合う前に、二人を引き合わせておけばよかったと。

——仁那。今のお前は、シロに恋していたときと同じくらい幸せか？

「我が妹よ、今度の男はどうよ？」

和登はずばりと斬り込んだ。

生まれたときから一緒に育った仲でも、仁那は意地を張って和登に隠しごとをしようとする。

だが、彼女はイキナリの攻撃に弱い。果たして。

「え、そんな関係じゃないし！」

思った通り、アッサリと暴露する。

「けど、同棲してるんだろ？」

「違うってば」

「一緒に暮らしてる、ってことは否定しないんだな？」

黙秘権を行使しても無駄だぞ、と和登は上機嫌で言う。

「野暮《やぼ》なことは言わないさ。お前もいい年だしな」

「和登こそどうなの、今は恋人いないでしょ」

質問で返してくるのは、仁那が誤魔化したいときのパターンである。

「お前が惚れた男と幸せになるのを見届けたら、いつでも結婚してやるさ」

「だから、惚れてないってば！」

「嘘だね。男が怖くて仕方ないお前が、好きでもない奴と一つ屋根の下で暮らせるわけないだろう」

そうツッコむと、後部座席から「う」と詰まった呻《うめ》き声が聞こえてくる。

仁那は同じ男と一晩以上過ごしたことはない。

旅行なんてもってのほか。外泊しても翌朝には浮かない顔か、泣き腫《は》らした顔で帰ってくる。そんな彼女が、母親によれば今回はまったく家に帰ってこないという。

「仁那。お前の男にメールを入れておけよ、『今から俺が行く』ってな」

「……ええええ？」

仁那は露骨にいやそうな顔をした。

「相手の男を検分して、『俺の大事な妹を泣かせるなよ』と牽制《けんせい》しておきたいからな！」

ミラー越しにも、仁那がギョッとしているのがわかる。

「俺よりいい男じゃなかったら、婆様の家から叩き出す」

「和登！　冗談はやめてよ！」

仁那が慌てふためく。

「まーな、そんな男はシロしかいないか。相手の男はサシ呑みで勘弁してやる」

……仁那は携帯電話を探していて、その言葉は届かなかったようだ。

「まあ、それは冗談として。真面目一辺倒のお前に、男の機微を教えてやろう」

「……なに」

上機嫌な兄に対し、警戒心剝《む》き出しの妹。

「オスとしてはさ、一緒に住んでる女が他の男に送られて家に帰ってくるってのは、ムカつくわけだ」

「ふうん？」

「お前の家族として、相手の男にも挨拶しておきたい」

「……そんなもの……？」

疑わしげな仁那に、ああと和登は強く肯定した。

書道具一式はそれなりに重い。和登としては、できれば祖母宅の中まで仁那を送ってやりたいのだ。

「……わかった」

仁那はしぶしぶ、という口調でうなずくや、いそいそと携帯電話を操作しはじめる。メッセージを打ち込んでいるところに、和登はなにげなく訊ねた。

「で？　なにしてる男だ」

他のことに気を取られているとき、仁那はつるりと本当のことを話しがちだ。

「今は仕事してないみたい」

案の定、うわのそらで答えがあった。

「ハアッ？」

和登は思いっきり不穏な声をあげる。

「過保護大明神《かずと》に言っちゃいけないNGワードだった！」

仁那は自分が口を滑らせたことを悟ったらしい。あわあわと言葉を重ねる。

「で、でも次の仕事は決まってるらしくて！　今は準備期間だって言ってたからっ、そのうち就職するんじゃないかな！」

必死に弁護を試みているようだが、さらに墓穴を掘っていることに気づいていないらしい。

妹をミラー越しに睨みつけ、ついつい凶暴な顔つきになる。

「無職で女の家に転がり込むだ？　ヒモじゃないか！」

自分の吠え声に、妹も負けじと声を張り上げた。

「家賃も光熱費も払ってもらってるし、ヒモじゃない！」

「そういう問題じゃない。なんで、お前はダメ男ばかり拾ってくるんだッ」

「拾ったんじゃないっ、あっちから『書道を習いたい』ってウチに来たんだもの。……あ！」

しいいいいいいいん。

車内は、耳が痛いほど静かだ。次いで空気がピリピリしてきた。

「仁那。……いや『仁翔』」

和登が放った静かな声は後部座席の仁那にも、聞こえたのだろう。

妹が思わず背筋を伸ばす。和登が尋問モードに入っているときに聞かないふりをすると、説教時間が長くなるのを、よくわかっているのだ。

「俺が納得できるように説明してもらおうか。『紫藤瑞葉』目当ての客が、どうやって『高坂流書

道教師　仁翔』であるお前に辿り着いた？　なんでお前も受け入れた？　大体、教師が生徒を食っていいと思ってるのか！」

「彼は紫藤のことは知らない！　わたしから食ったわけじゃないし、まだ最後までシてない……っ！」

叫んでから妹は慌ててむぐぐと口を塞いだが、時既に遅し。

「なにがなんでも会わせてもらうぞ」

バックミラーの中の仁那に向かって、和登は宣言した。

「和登っ、いい加減にお節介はやめてよ！」

仁那が抗議の声をあげるが、和登はミラー越しに怒りをあらわにする。

「男と別れるたびにボロボロになるくせして、放っとけるわけないだろうが！」

泣きそうな声で仁那が呟く。

「……今度もボロボロになりそうだけど……それどころかわたし史上最大の失恋決定だけど……、あの人のことで後悔しないって決めてるの。だから、放っておいて！」

悲しそうな声。泣き出しそうに歪《ゆが》んだ顔。なのに、相手のことが好きで仕方ないという瞳。

「俺には、どう見てもお前が幸せな恋をしているとは思えない」

和登が顔をしかめたが、仁那は強情に言い張る。

「今、幸せだもの。いなくなっても、幸せな記憶を抱いて生きていくって決めたの」

「……ふざけんな」

和登は、喰い締めた歯の隙間から絞り出すように獰猛《どうもう》な声を出した。

「俺の妹を不幸にする奴は、誰だろうが許さん！」

「和登、やめてっ。わたしを降ろして！」

仁那の悲鳴のような言葉には耳を貸さず、和登はアクセルを踏み込んだ。

＊＊＊　松代サイド　＊＊＊

『今、和登と一緒にいますが、なんと和登が祖母宅に寄りたいそうです。今日はホテルに泊まってください』

松代は仁那からのメッセージを確認して、衝撃を受けた。

「どういうことだ。今日、仁那はＴＶに出てたんじゃないのか？　……いや、今どき生放送じゃない、よな」

だとしたら、仁那は出張と偽って和登とのデートを楽しんでいたのか。

あんなにうっとりした顔で自分の腕に収まっていたくせに、まだ親友と会っていたのか。

嫉妬で頭がおかしくなりそうだ。

しかし冷静に考えると、和登の恋した女性が紫藤瑞葉ならば。それはイコール仁那なのだから、自分こそが邪魔者だ。

絶望に体を引き裂かれそうになるが、必死に気持ちを保つ。

「それとも仁那と和登の関係が進んで、俺を追い出そうとしているのか？」

二人の恋が成就したならば、松代《じぶん》は潔く引き下がるべきだ。

しかし彼の体の中にどろどろと熱いものが蠢《うごめ》いていて、放たなければ息ができない。

「仁那。逃がしてやれない……！」

松代は携帯電話を握り締めたまま、門の前で二人を待つ。

やがて車のライトが近づいてきた。車が停まる前に、松代のほうから向かっていく。

車が停まった途端、後部座席のドアが開いた。そこから顔を出し片足を地面につけたばかりの仁那を掴まえて、そのまま腕の中に抱き込む。

運転席から和登もエンジンを止めて慌てて出てきた。

親友の二人は、しばし無言で対峙《たいじ》した。

松代は道着のままだった。対する和登は、相変わらず洗練された装いである。

仁那の教え子でしかない自分と、彼女を車で送ってくる和登。

それが恋愛対象になるかならないかの違いのように感じ、親密度の差にも思えた。

「仁那の相手はお前だったのか！　いつ、こいつと知り合った。どういうキッカケでつき合うことになったんだ？」

彼女をまるで自分の所有物であるかのように話す親友に、カッとなって口を開く。

「『紫藤瑞葉』は、仁那は俺の恋人だ。クロ、金輪際彼女に手を出すな！」

和登は面食らったような顔をした後――なぜか喜色満面になった。

松代はあっけにとられている仁那を抱えたまま、強引に家に入っていく。

玄関に入ると、引き戸をぴしゃりと閉めて鍵をかけた。

「仁那！　道具は門の中に入れておくからなーっ」

とてつもなく陽気な声を残し、和登はエンジン音と共に去っていった。

＊＊＊

仁那は混乱していた。

和登と松代が喧嘩にならなくてよかった。

しかし兄は、どうして松代と話をせずに帰ったのだろう？

それに、松代はなんと言った？

――わたしを恋人だと……

「仁那。他の男のことを考えるな」

熱い言葉が唇スレスレに降ってきたかと思ったら唇を重ねられ、そのまま貪《むさぼ》られた。

「ン……ッ」

第六章　書道教師は御曹司に甘く署名されました

口づけは最初から激しい。

仁那の中では松代に聞きたいこと、言いたいことがふくれ上がっている。

しかし激情に駆られた男は、仁那が息を整えるだけの時間もくれない。

キスの合間、なんとか自分と男の体の間に腕を突っ張って距離を作った仁那は、彼を問い詰める。

「松代さん。どうして、和登にわたしのことを『恋人』だなんて宣言したの？　大体、わたし達共犯者なだけで『友達じゃない』んでしょっ！」

怒りと悲しさがごちゃ混ぜになっている。

なんでイキナリそんなことになったのか。恋心なんて一言も告げたことないくせに。

嬉しいやら腹立たしいやら、仁那は目の前の男に文句を言ってやらないと気が済まない。

「仁那への気持ちは、そんな生温《なまぬる》い感情じゃない」

「え？　……どういうこと？」

松代は答える代わりに彼女の口を塞いだ。

「ン……っ」

いきなり、奥にまで舌が届くような深いキス。

激しさに戸惑っている間も、執拗《しつよう》に舌を吸われ絡められる。

苦しくて、仁那がとんとんと松代の腕を叩くたび、男は口づけを深めた。

逃げても松代の舌が追いかけてきて、絡ませてくる。

息を吸おうと唇を離すたび、後頭部を引き寄せられた。

松代の舌は、『感じるところはわかっている』とでも言いたげに、仁那の舌のイイところを擦《こす》ってくる。

——頭がぼうっとしてくる。……そういえば前も、こんな風に感じちゃったっけ。

先日も松代とキスしただけで、秘処を濡らしてしまったのだ。

どうして、この男《ひと》にだけ感じてしまうのだろう。仁那は疑問を追い求めようとしたが、快感に侵されていく。

「あ、ふぅ、ん……」

嚥下《えんげ》しきれない唾液が二人の唇から垂れるが、気にする余裕もない。

仁那の口腔内《こうこうない》を散々蹂躙《じゅうりん》してから、ようやく松代はキスをやめた。

「あ、は、はぁ……」

力を失った仁那の体がずるずると崩れかけると、松代にがっしりと抱き止められる。そのまま横抱きにされて教室に運ばれた。

ぐったりしている間に全てを剥《は》ぎとられて生まれたままの姿にされたが、抵抗する気も起きず、松代のなすがままになる。

「乳首が勃《た》ち上がっているぞ、仁那。キスだけで感じたのか？」

松代が意地悪な声でささやく。しかし仁那には『あなたにキスされたんだから感じるに決まってるでしょう』と、文句を言う気力もない。

せめてもの抵抗に胸を隠せば、脚の間を拡げられた。

丹念に観察されている気配に、そこからとろりとなにかがこぼれ落ちる。

「仁那、君の体から女が匂う。……美しいな」

愉悦に浮かされたように松代が言う。

「なんで松代さんは、『紫藤瑞葉』がわたしだって知ってるの？」

仁那からは教えていないのに。

訊いてから、はたと気がついた。

確か、仁那が出演している番組は海外の動画サイトで紹介されていた。また、松代と行ったレストランのスタッフは『紫藤瑞葉イコール仁翔』であることを知っている。他にも、ＴＶデビューした当時、みずから教えた人が幾人か。

口止めしていても、どこかで漏れる。

仁那自身はネットで検索したことはないが、仁翔が紫藤だという書き込みがあるのかもしれない。

彼女は恐怖の目で男を見た。

「松代さんは、初めから『紫藤瑞葉《かのじょ》』目当てで、わたしの教室を選んだの？」

「なにを言ってる？」

不思議そうに問われ、仁那は悲しい気持ちになりながら続ける。

「そうじゃなきゃ、誰も地味な書道教師である『わたし』なんて、好きになるはずがないもの」

和登と並んで歩けば『不細工女がイケメンを連れて歩いてる。何様』とののしられてきた。

当然、松代と歩いていても『お前程度の女が一緒に出かけていいクラスの男ではない』という視線をぶつけられる。

「TVの中の『彼女』が美人なのは、スタッフさんの努力の結晶だもの！」

急激に自分の体が凍るような気がした。

「やだっ。『彼女』は本当のわたしじゃないの！」

松代に強く抱きしめられる。

「海外でも、君が出ている番組は配信されていてね、時折見ていた。クロに、彼女との橋渡しをしてくれと頼んだら断られた」

男の告白に、身がすくんだ。

聞きたくないのに、体を動かせず耳を塞ぐことができない。

「だが、『紫藤瑞葉』を君だと気づいたのは、今日だ。……ようやく、ホテルで仁那が呟いた、本当の自分を愛してくれるのかっていう言葉の意味がわかった」

思いがけない言葉に、仁那は松代を見つめる。

「俺はTVの中の女性より、子供達に囲まれた『仁翔先生』がいい。俺に喰ってかかったり、真っ赤になって自爆する仁那が好きだ」

松代は、彼女を覗き込みながら、優しくささやいた。

仁那の顔にえ、という表情が浮かぶ。

「君は、習字を嫌いな子を好きにさせてやりたいと言った。俺が知っている仁翔先生が本当の仁那だろう？　俺は本当の君が好きだ、愛してる」

男の言葉に、仁那の双眸《そうぼう》から涙がこぼれた。一転して、松代が苦しそうに呟く。

「君を他の男の目に触れさせたくない。仁那が可愛くて美しくて、どれだけ愛おしい女なのか、誰にも知られたくない。ずっと君を俺の腕の中に閉じ込めておきたい。そうすれば、仁那を俺だけのものにしておけるのに……ッ」

仁那は潤んだ瞳で、男を見つめる。——この人のものになりたい。

「君を誰にも渡さない」

松代はささやく。彼の双眸《そうぼう》には狂おしい炎が宿っていた。

月明かりに、仁那の肌が晒《さら》される。

あぐらをかいた松代に抱きしめられ、胸や秘処を丹念にほぐされる。

「あ、ぁん……！」

軽く達すると仁那は畳の上に寝かされた。

仁那が欲にけぶる瞳で見上げると、こちらを見下ろす瞳と目が合う。

男の双眸《そうぼう》には焔《ほのお》のような情欲が蠢《うごめ》いている。煌《きら》めく黒曜石のように綺麗でもあり、目が離せない。

「仁那の肌はどうしようもなく気持ちがいい。しっとりして、俺の手に馴染む」

男の言葉を称賛ととって、仁那は顔を赤らめた。

「わかる？　俺がどんなに君にむしゃぶりつきたいのを我慢しているか」

「……どうして、抱いてくれないの」

仁那の小さな声に松代は抱きたいと告げた。

なら、と言いかけた彼女をよそに、男は硯《すずり》に墨をすりはじめる。

「君を俺のものだとわからせるまで、だめだ」

――わたしは松代さんが好き。

松代さんもわたしを好いてくれている。

けれど、まだ互いが互いのものになっていないのは、仁那にもわかる。

二人が互いのものだと確認する儀式が必要なのだ、自分にも松代にも。

仁那は快楽にけぶった瞳で男を見守る。

男はすった墨を筆に含ませた。

固唾を呑んで見つめる仁那の柔肌に、墨をたっぷりと含ませた筆先が置かれる。

「あ」

仁那がびくりと肌を震わせた。

それに構わず、松代は筆を一気に走らせて『松代武臣』と己の名前を書いた。

「ひぁんっ」

松代は彼女が辛そうでないか注意しながらも、筆を動かす。

胸のふくらみの中心にある乳首やなめらかな腹だけではない。太ももの内側、体をひっくり返して背中やヒップにも、余すところなく。

松代にとって、仁那が自分のものであると知らしめる行為だった。

仁那はそれを愛撫と受け止め、白かった肌は興奮のために淡い紅色に染まっている。

イイところにあたるたび、ひっきりなしに嬌声が漏れる。

松代が自分の唇を舐めた。

左斜めから太さを保って。とめて、はねて、はらう。

字を大きく、小さく。墨を接ぐところを変えて。弱く、強く。素早く、ゆっくり。太く、細く。

筆の圧が仁那の乳首を、腋《わき》を、敏感なところを刺激する。何度も何度も。

艶《つや》めいた軌跡《きせき》を残しながら、女の肌は男の名前へと染められていく。

「は、ぁん……っ、まつ、しろさん、ど、うして」

「こんなことをしても無駄なのにな」

虚しいと訴えるような松代の声に、仁那はいつのまにか閉じていたまぶたを持ち上げる。

目の前には、感情をごっそりと失った男がいた。

「墨は洗えばすぐに落ちる。俺の名前を君に記したところで、水をかければいくら俺が熱情を込めても墨は薄まり、流れていく。……仁那に俺の気持ちが伝わらないように」

「松代さん……」

仁那は声をかけようとして、口をつぐんだ。

松代の、情欲と慟哭《どうこく》が同居しているような表情に、なんと言っていいかわからない。

「体中を己の名前で埋め尽くそうが、君は俺のものにはならない。わかっているのに、止められない」

松代が筆を握り直す。

彼の止まらぬ筆に、仁那は幾度も果てて啼《な》いた。

何度目だろうか、弱々しい声が口をついて出る。

「も、う、やぁ……」

……途切れ途切れの言葉が拒絶だとは、仁那自身は思っていない。

ジラサナイデ、オネガイ。

だが、松代は泣きそうな声で希《こいねが》う。

「俺を拒まないでくれ」

さらに彼女を高めるべく、松代が筆を動かした。

「あ。ア！」

仁那が首をのけぞらせて喘《あえ》いだ。体がびくびくと痙攣《けいれん》する。

ぬらぬらと光るのは、墨か汗か、あるいは蜜か。

部屋の中、とりわけ二人の間に、墨の匂いと混じり合った男女の香りが立ち込める。

はあ、はあ。荒い息が仁那と松代を遮る。

「……俺は、なんて醜悪《しゅうあく》なことを……。仁那、すまない」

松代の声にただならぬものを感じて、仁那は意識を男に向けた。

彼の視線を辿ると、自分の体を凝視しているようだ。

あらためて確認してみれば、腕と言わず腹や足にもびっしりと、松代の名前が刻まれている。ひっくり返されたから、もしかして背中にも書かれているのかもしれない。

——気にしてないよ。動きたくても喋りたくても。快感と快楽、そして悦と歓《よろこ》びの末に何度も果てを見た心身では、松代を安心させてやることができなかった。

後悔に苛《さいな》まれているような表情の松代に風呂場まで運ばれる。仁那は浴室内のバスマットの上にあぐらをかいた男に、あらためて抱え込まれた。

「ごめん」

謝りながら、シャワーをかけられる。水音に紛れていても、辛そうな声だった。トロンとした目で彼を見上げれば、美麗な顔を歪《ゆが》ませて自分を見つめている。

——なんで、この男《ひと》は悲しんでるんだろう。慰めてあげなきゃ。

「どうして」

泣きそうなの、と聞いたつもりだった。

「仁那。君が好きなのに、こんな真似を」

……なんとなく、先ほどの行為を後悔しているのかな、とぼんやり思う。快楽の余韻でうまく頭が回らないが、誤解だと言ってあげなければ。

「……い」

「え？」

うまく伝わらなかったようで訊き返される。

「わたしの体、松代さんでいっぱい」

うっとりと言ってしまったのだが、松代はまるでナイフに刺されたような表情になった。体中文字だらけで喜ぶ女って……と、ドン引きされただろうか。でも、他ならぬ松代が彼の名前を刻んでくれたのだ。これを幸せと言わずに、なんと呼ぶのだろう。

「悪かった」

もう一度謝罪され、シャワーを浴びせられたので咄嗟に言った。

「消しちゃいや」

松代が固まってしまう。

まずい、さらに失敗したようだ。挽回しようとする、が。

「まつしろさんの名前に感じて、イっちゃった……」

どうしてこの口は肝心なときに暴走してしまうのか。半ばトロンとした頭で考える。もっと気のきいた言葉が言えればよかったのに。

だが仕方ない、これがわたしだ。仁那は開き直ると、武臣と書かれた腕に唇を寄せた。

ちゅ。墨の味がするだけなのに。

「まつしろさんのモノだって言われているみたいで嬉しい」

舌足らずな喋り方だけど自分としては、精一杯の告白。

「…………仁那はクロが好きなんじゃないのか」

長い沈黙の後に不思議なことを聞かれたが、それよりも松代の口調が気になる。

「……なんで拗《す》ねているんですか」

松代がこてんと頭を預けてきた。それから耳に届いたのは。

「仁那は和登の恋人なんだろう？」

変なことを言われて、かえって頭がしゃっきりしてきた。

「和登……？　わたし達、兄妹ですよ。好きも嫌いもないでしょう？」

「え？」

ぱちぱち。

あり得ないことが聞こえたという表情で、松代は何度もまばたきをする。

「双子なんです、わたし達。和登から聞いてませんでした？」

「……妹がいるとは聞いてたけど」

松代は記憶を探っているかのように視線を彷徨《さまよ》わせた後、教えてくれた。

「クロの奴、会えば妹のことばっかり話すんだ。健全な男子高校生としては、親友激推しの女の子って興味が湧くだろう？　『会わせてくれないか』って聞いたら、『だめ！　俺のラブリーシスターには、お前といえど野郎は近寄らせない』って速攻で断られたんだ」

要するに兄は、妹から親友を守っていたのではなく、ただのシスコンを発動していたということか。

「クロがすごい剣幕だったから、それ以来妹のことは訊ねないようにしていた」

「あんにゃろうう……」

仁那は毒づいたものの、邂逅《かいこう》を果たしたのが大人になってからでよかった、とも思う。少なくとも、今の自分は一人の大人の女性として彼の前に立つことができるから。

「仁那とクロの名字が違うのはどうしてだ？」

またしても奇妙な質問だ。仁那は彼の言葉の意味を理解しようとする。

しばらく考えて、気がついた。

「高坂は母方の祖母の姓なんです。わたしの名字は袋田です」

「え？」

松代は目を瞠《みは》る。

「高坂流書道教室師範、仁翔です。……うちの流派は祖母から『翔』の字をもらって、名字を名乗らないんです。そっか、ホテルでわたしが『高坂様』って呼ばれてたのは……」

「俺が予約をとるときにそう伝えたからだ。……そうか、仁那の反応が遅かったのは、自分の名字じゃなかったからか」

松代がガックリと脱力した。が、またすぐにはっとした顔で仁那を見つめる。

「……じゃあ、仁那の好きな男って誰なんだ？」

「高校のときに初恋を体験して以来、ずっといませんでしたぁぁぁ」

微妙な言い方をしてみた。

今日の彼の言動を考えれば、告白してもいいかな。でも、その前に気づいてほしいと、欲張りになってしまう。

「今はいるんだな？　誰だか訊いていいか」

ちゃんと察してもらえたようで、期待に満ちた声で松代に訊ねてもらえた。

瀕死状態だった男の顔は、今は仁那がうっとりしてしまうくらい甘い笑みを浮かべていた。

大丈夫、彼はわたしを想ってくれている。

確かな自信が心に勇気を与える。

それでも仁那は拒まないでと、願いを込めた瞳をあらためて松代に向ける。

「……なりたいものはなんだって、前に訊かれたでしょう？」

「ああ」

「わたしは、武臣さんの恋人になりたい」

言ってから恥ずかしくなり、仁那はふいと顔を逸らす。

熱い。おそらく、首筋まで真っ赤になっている。

松代が仁那の両頬を手で挟み、怖いくらい真剣な表情で目を合わせてきた。

「仁那。抱いていいか」

許しを乞うてくる彼の声は震えている。

どうして確認するの、わたしはあなたのものなのに。そう訊き返そうとして気づく。

彼は仁那を最後まで欲しいと宣言しているのだ。

「抱いてください」

我ながら蚊の鳴くような声だった。

松代が顔を近づけてきてささやく。

「言質《げんち》はとった。もう止まらないからな」

念を押されて、ハイと首肯する。

「……怖がらせないから」

そっとささやかれた言葉を、仁那は微笑んで受け入れた。


「あァーーー……っ」

仁那の声が浴室内に反響する。

石鹸を泡立てた松代の手が、彼女の肌の上を絶え間なく行き来しているせいだ。

何度も絶頂に押し上げられては、次の快感に向かって飛び込まされていた。

「まつしろさ……っ、もう、もう……！」

呼吸が切迫していて、上手く喋れない。

「だーめ。墨は落ちにくいって言ったの、仁那だろ。綺麗に落とさないと」

松代は優しくささやいて、舌でねろりと彼女の耳をねぶった。

びくびくっ、と体が跳ねる。

「消えた分だけ、また書き足すけど」

甘く掠《かす》れた声が、欲と熱を送り込んできた。

「その声、反則だからぁ……っ！」

彼のなめらかでいて低い声は、ただでさえ仁那の好みであるのに。

「どう反則？　感じすぎるってことか」

愉悦を含んだ声に、男の欲と熱が混ざった言葉。

ひくん、と仁那の乳首が松代の手のひらの中で躍る。

松代がもう片方の手で仁那のあごを支えながら、彼女の唇を奪う。

ぴちゃぴちゃ、くちゅり。キスとは思えない卑猥な音が頭蓋骨に響く。

混ざり合う唾液。濡れて、柔らかい彼の唇。仁那の口腔内《こうこうない》を好き勝手に遊ぶ、男の舌。そんなものしか考えられなくなる。

「うん、ふぅ……」

ようやく解放された後。

「仁那は俺の声が好きなのか。じゃあたくさん聞いて、濡れるといい」

うなじを、熱い息に撫で上げられる。

「く、ふぅ……ん」

もう既に感じすぎているのに、膣がひくついてさらにその奥が疼《うず》くのに。

仁那のヒップに挟まっている松代の分身は、先ほどから硬く熱くなっているのに。まだなにも挿《は》入《い》ってこない。

……今日、最後までシちゃうんだよね？

仁那は、自分の体の最奥にある秘密を明け渡すのだと、覚悟、いや期待してしまっている。

『欲しいのっ。もう、挿《い》れて…………ッ！』

何度もそう口にしかけては、松代が施す愛撫に意識を持っていかれてしまう。

恍惚《こうこつ》の海に溺れて、呼吸すらままならない。

このじくじくとした痒《かゆ》みのような熱を、松代になんとかしてほしかった。

今なら挿入されても痛くないかもしれない。そればかりか、ナカで達することもできそうだった。

だが、松代は仁那の懇願に気づかないのか、彼女を高めることしかしてくれない。

「まつしろ、さ――」

たまりかねて、彼女は乞おうとした。

「仁那、君の授業以外は武臣と呼べと言ったろ」

「取り決めを拡大解釈しないで！」

ちゃっかりした言葉をきっちりと否定すると、松代の顔が楽しそうに歪《ゆが》む。

「まだ、抵抗する気力があるのか。……もっと可愛がっていいってことだな」

言葉と同時に、松代の指が背後から両方の乳首を摘んだ。強い刺激に、仁那の体が歓《よろこ》ぶ。

「ぁあんっ」

快楽をしっかり受け止めようとするのだが、泡のせいか仁那の乳首は逃げてしまう。

松代は何度もそこを掴み損ねた。そのたびに淡い快感が仁那を苛《さいな》む。

「や、あ。……もっと、しっかりぃ……」

もどかしさに耐えかねて彼女はせがんだ。

空洞のままの膣がきゅうきゅうと収縮する。ナカが勝手に達してしまいそうだ。

せっかくだから、この収斂《しゅうれん》を松代にも味わってほしい。

あなたのおかげでイケるのだと、彼に知らせたい。

「しっかり、なに？」

声音から、松代がわざと乳首を逃がしているのだとわかった。

「このいじめっ子！」

仁那は後ろを振り返り、キッと松代を睨んだ。だが松代は彼女を悪い顔で見つめるばかり。

「ニーナ？　そんな目をしても、もっと意地悪してやりたくなるだけだ。ちゃんと言えたらシてあげるよ」

過ぎた快楽に涙をたたえていた目尻を舐められる。

快楽の底なし沼に落とすくせに、松代の手つきは大事なものを扱うような、丁寧なものだ。

意地悪なのに優しい。松代という人間の根本の性質を表しているようだ。

「ちゃんと……摘んで」

仁那は恥ずかしさをこらえて呟いた。

喘《あえ》ぎながらなので途切れ途切れだったが、松代はきちんと聞き取れたらしい。

「わかった」

シャワーでいったん泡を流される。

乳首をコリコリと指の腹で擦《こす》られ、ふくらみの中に押し込められ。

「はぁ……ん」

仁那はうっとりして吐息を吐き出す。

けれど、体の奥にくすぶっていた快楽がもう一度燃え上がってしまう。

なんとかしてほしくて、仁那はたまらず、男の欲に自分のヒップを擦《こす》りつけた。

「欲しいか、仁那？」

訊きながら、松代が臍《へそ》の周りを撫でる。仁那の背骨にざわりとしたものが走った。

ゆっくりと茂みに向かって下りていく手を、仁那は息を詰めて感じていた。

肩に男のあごが乗せられ、労《いた》わるように指摘される。

「まだ、一瞬ためらうな」

松代の手が、秘豆に辿り着いた。

「ごめ」

謝るなとばかりに唇をついばまれる。

松代はちゅ、ちゅ、とリップ音を響かせて、仁那の力が抜けたタイミングで唇を離した。

「もっと、気持ちヨくなろうか」

和毛《にこげ》の下にもぐり込んだ松代の指が、既に剥《む》けて紅く熟《う》れていた秘豆を繊細に撫でる。

「あ、ソコ……」

待ちかねた場所に、乳首を弄《いじ》られたときよりも強くて純粋な快楽が与えられた。

仁那の脳天まで突き抜けて、全身で悦を味わう。

「ン……」

「可愛い」

松代から愛情のこもった声がかけられた。

――この人はわたしの快感を優先してくれる。

今までの恋人達からは、おざなりな愛撫しか与えられたことがなかった。

松代の丁寧さや真摯《しんし》な態度が、彼女には嬉しい。

「感じるところも乱れるところも、啼《な》くところもイくところも全部、俺に見せて」

乳首を弄《いじ》られたまま、つぷり……とナカに指が一本沈められた。

は、と彼女がたじろいだ瞬間、うなじに歯を立てられる。

やや強めにかじられた感触は電流が走るような感覚を生じさせた。

ナカの指を抱きしめてしまう。

「ああ、締まった。たまらないな……」

松代の濡れた声が、仁那の欲情を高める。

「このまま、イってみようか」

くぽ、ぬちゅ、とゆっくりと指が動かされる。全神経がナカの指に集中する。

「んっ」

仁那自身が蜜路《ナカ》の反応に驚いたのを、松代は見逃さなかった。

「ここ?」

彼女が反応を示した淫襞を、松代が指でとんと押した。途端。

「ン!」

仁那の足先がバスマットを蹴った。

「痛くないか」

訊ねられたが、仁那はうっとりと呟いた。

「しんじ、られない……」

ナカでかすかに気持ちいい感覚があったのだ。

「なにが」

「痛くない。いつも、辛かったのに」

彼女としては松代への賛辞であったのに、一瞬にして男の目に殺気がこもった。

「仁那、目を開けて俺を見ろ」

松代が食いしばった歯の間から、獣のような唸《うな》り声でささやいた。

「え」

仁那はぼんやりと目を向けた。

松代の顔が欲情でギラギラしている。

その表情は凶悪なほどに引き締まっていて恐ろしいはずなのに、目が離せない。

「俺とセックスしているのに、誰を思い出している? ……君は、いつもそうだ」

仁那の体が強張った。

「前の男とセックスしているときも、別の男と比較していたんだろう」

「違っ」

「抱いているさなか、辛かった記憶とはいえ相手に自分とでないセックスを反芻《はんすう》されるのは、男としては屈辱だ」

松代は淡々と言う。

「わたし、そんなつもりじゃ……っ」

仁那は否定しようとした。

「男は、惚れてる女に別のオスの匂いがついているのを許せない。君はこれまで、男達から何度も『集中しろ』とか『俺を見ろ』と言われてきたはずだ」

仁那が固まったが、松代は続けた。

「俺も言ったな、『手ほどきその壱《いち》。君を口説こうとする男の前で、元彼の話をするもんじゃない』と」

蒼白になったのが、彼女の答えだった。

「……相手の男は虚無感に襲われただろうな」

松代がため息をつき、仁那は震えた。

せっかく想いが通じたのに、自分の浅はかな言動によって、彼を失ってしまうんだろうか。

どうしようもない亡霊。自分にも松代にも過去がある。

姿の見えない相手に嫉妬しつつも無視するしかないのだ。

仁那は松代の今までの恋人のことなんか、聞きたくないし知りたくもない。

それなのに仁那は繰り返し男達を、そして松代までも傷つけた。

過去の男達は、そして松代も、どれだけ嫌だったたか。

かつての恋人をひどい人だとなじってきた。けれど、自分こそが相手の好意を踏みにじってきたのかもしれない。

「……わたし……」

「抱くたびに『元彼は』って引き合いに出されたら、よくも悪くも『前の男より強烈な記憶を残したい』と思うさ」

松代はクシャリと自分の髪を乱して呟く。

「女性を辛い目に遭わせるのはクズだがな」

「松代さんも？」

仁那が小さな声で訊ねると、男は端整な顔を歪《ゆが》めた。

「そうだ。俺もクズの一人だよ」

松代は自嘲する。

その答えに、松代に勘違いさせたことに気づき、仁那は体の向きを変えて素直に謝った。

「ごめんなさい、そんな意味で言ったんじゃないの」

「わかってる。嫉妬だ」

「……わたしだって、松代さんがこれまで抱いた女性達に嫉妬している。でも、目の前にいる松代さんはわたしのものだから！　……だよね？」

仁那は松代と目を合わせた。

松代があぁ、と首肯する。彼の昏《くら》く穴があいたような双眸《そうぼう》にだんだんと光が戻ってくる。

「わたしの体も、記憶も。松代さんでいっぱいにしてください」

彼女は松代に向かって手を広げた。

許すよ、というように抱きしめてもらえて、仁那も松代にしがみつく。

二人は期せずして、互いを失わなかったことに安堵《あんど》の息を吐いた。

目を合わせ、軽く唇を触れ合わせる。男が仁那の瞳を覗き込んで、告げる。

「仁那。今、君を抱いているのは誰か、しっかり見て心に刻みつけろ。ナカの指の動きに集中するんだ」

松代は届く限りの場所にキスを落としては吸い、歯を立てては舐めていく。

ナカに埋めた指を優しく出し入れしながら、秘豆と乳首を可愛がり、仁那の体を高めた。

「あ、あ。そんなにいっぺんに……！」

体の奥から快楽の波が押し寄せてくる。

うっとりしながらも、ナカの感覚だけに集中するのが難しい。

「や、ゃん……、集中できな、い……！」

仁那が悲鳴のような嬌声をあげた。

イイところを何ヶ所も同時に攻められて、どうしたらいいかわからない。

「集中できなくしてるんだよ」

松代が意地悪く微笑む。

「な、……んで」

「他の野郎なんか、思い出す暇もないほど愛してやる」

松代は仁那に聞こえないよう口の中で呟いた。続けて、聞こえるように呟く。

「なにも考えず、蕩《とろ》けていろ」

耳元でささやかれ、仁那は男の手のひらに胸を押しつけ、愛撫をねだった。

膣はきゅうきゅうと男の指を食いしめて放さない。

そのくせ、蜜口はしどけなくほころんで、蜜を溢れさせる。

罪悪感や嫌悪感といった雑念が、少しずつ快感に溶かされていく。

「はぁ……、ん」

松代が乳首と淫芽を優しく淫らに可愛がってくれている。

ソトの快感とナカの違和感がごちゃ混ぜになってくる。

ナカの壁をトントンとノックされるのを重だるく感じていたのが、少しずつ変化する。

異物にしか思えなかった指を、快感を生み出してくれるモノとして認識しはじめた。

「きもち、イ……」

仁那がうっとりと呟くと、松代も掠《かす》れた声で応えてくれる。

「俺も快楽にふけっている仁那を見るのが楽しいよ」

嘘ではないのだろう、ヒップには熱く硬くなったモノが当たっている。

本能的な期待感から、腰が勝手に揺らめいてしまう。

――セックスってこんな甘い時間なんだ。と生まれて初めて認識した。

……今までつき合っていた男性達にガチになってしまった理由がわかった気がする。

『紫藤瑞葉』に寄ってきただけの男性達を、仁那は本当の意味では好きではなかった。

もしかすると、別れたときに悲しかったのは、『相手の期待に応えられなかった自身に対して、他ならぬ自分が失望した』から、かもしれない。松代に感じているような恋情は誰にも持っていなかったから、逆に誰とでもつき合えた。

……仁那は思う。

自分はおそらく心を許していない人間に対して、体を拓けるような性格ではないんだろう。

――だから、心も体も彼らには許さなかったんだ。

そんな自分が全てを曝《さら》け出せるのは松代だけ。

人懐こさの権化かと思いきや仁那よりも誰よりも警戒心の強い和登が、親友と認める松代。

字を真剣に学ぶとき、少年のような表情をしてみせる彼。

仕事中は近寄りがたいほど凛々《りり》しく、家事をしているときはとてもセクシーな男。

男は艶《つや》のある表情から、一変して天真爛漫《らんまん》な笑顔を見せてくれる。

小学生と真剣に対峙《たいじ》して、自身も一桁の年齢の子供のようになってしまう彼。

食事をするときに『いただきます』と手を合わせ、美しい所作で食べる松代。

自分を大切に抱いてくれる男。

様々な顔を見せられるうち、彼女は『松代』という男を受け入れていったのだ。

仁那はうっとりと呟く。

「……松代さんとの時間は、いつも気持ちいい……」

キスも、筆を使われて弾けたときも、今も。

ぐちゅぐちゅと、蜜口からはしたない音が聞こえてくる。

垂れた汁がヒップの割れ目にまで伝わる。いつのまにか、ナカの指は増やされていた。

かき混ぜられては淫壁を圧《お》され、次第に奥まで進んで襞を押し拡げられている。

ぱちゅんぱちゅんと蜜が飛び出す音が耳に届き、ナカがとろとろになっているのがわかった。

ぐずぐずに蕩《とろ》けて液体になってしまったのかと思うほど柔らかい空洞に、硬い指が埋められている。

じんじんとするナカの壁を刺激されるのは、とても気持ちがよかった。

仁那という器に溜まった快感が、そろそろ溢れる……

「ン」

気持ちよさに身じろぐと、松代が嬉しそうにささやく。

「ナカ、温かくてドロドロで気持ちいい。俺の指を食いしめてるの、わかるか？」

聞かれて仁那はうなずいた。

「もっと締めて。……そう、上手だ。そのままギュッと力を入れていろ。動かすぞ」

言われるまま、仁那は男の指を締めるイメージで腹に力を入れてみる。

ナカの襞が松代の指を捕らえた分、得も言われぬ感覚が強くなったが、恐怖も嫌悪も生まれない。

快感の小さな芽を感じて、仁那の体が、心が期待する。

ぽた、と熱いものが顔に落ちてきて、彼女は目を開けた。

彼の額から汗が垂れてきたのだ。激情を抑えた松代が、自分を見つめている。

彼女の変化を見逃すまいと、愛情濃く注意深く。

「……なに？」

「仁那が幸せそうだなって。……俺の愛撫で気持ちよくなってくれているのが嬉しいよ」

そう言う松代の声もとても幸せそうだった。

仁那は微笑む。

「わたし、松代さんでしか気持ちよくなれないみたい」

「っ、光栄だ……！」

言いながらも、むしゃぶりつきたいのを我慢してくれているのだろう、眉をひそめている。

額からまた、汗が降ってくる。

仁那の中に、松代への愛情が溢れた。

「ま、つしろさ……」

「おしおき」

秘豆をやや強く摘まれた。苦しいほどに甘く攻められる。

途端、仁那の体がびくびくと跳ねた。

「ア！」

ナカの指を締めつける。

蜜路がわななき、締めつけては緩んでいき、また食いしめてしまう。

達してしまったようだった。

松代が、そっと仁那の唇をかじる。

「このままずっと、俺の名前を呼ばないつもりか？　なら一生おしおきしてやるからな」

ムッとしている半分、呼ぶまで意地悪してやるぞという決意半分の声だった。

仁那の目がまん丸くなる。

「……いっしょう……？」

繰り返されてようやく、松代は自分がなにを言ったのか認識したらしい。

「その」

どう言い訳しようか、松代にしては珍しく考えているようだ。

いつもは諦めの早い仁那だが、今回は逃してあげられない。彼の顔を手で挟んで目を合わせる。

「どういう意味？」

嘘は許さない。

そんな仁那に圧《お》されて、松代は観念したようだった。

「出会ってまだ日は浅いけど、俺は決めている。今はまだ、仁那にそんなつもりがなくても構わない。口説き落としてみせるから一生傍にいてくれ」

反論は聞かないとばかりにキスしてきたのを、彼女は多幸感を抱えながらしばらく受け入れていた。

やがて唇を離し、松代の鼻を摘む。

「なんへ《なんで》ふふぁむんだ《つまむんだ》？」

聞かれても、仁那自身にもわからない。

「わたしでいいんですか」

松代は彼女の手をいとも簡単に引き剥《は》がした。

「仁那がいい」

「不感症ですよ」

「こんなに感度いいのに？」

「ナカでイケないかもですし……」

「仁那は中イキできないといやか？」

予想していなかった問いだった。仁那はまじまじと男を見つめる。

「……あなた達男が、女がナカでイクのを期待しているんでしょう？」

彼女の得た知識ではそうだ。

しかし、松代はとても真剣な表情だった。

「仁那があんまり気にするから調べたら、ナカで達しない女性は相当数いるらしい」

「そうなんだ……」

調べてくれたんだ。

『不感症じゃないんだ』と自身に言い聞かせるのと、恋人に言ってもらえるのでは解放感が違う。

どれくらいナカで達せない女性がいるのかは、わからない。

だが、松代は彼女だけではないと言って、理解を示してくれている。

自分の心の負担を減らそうとしてくれる彼の好意が嬉しい。

「まつ……たけおみさん」

仁那が感動を伝えようとすると、松代がとてもイイ笑顔を向けてきた。

「心配しなくても、仁那がそのうち『手加減して』って懇願してくるくらい、いやってほどGスポットでもポルチオでもオーガズムを感じさせてあげるけど」

え。

仁那は男の宣言に目を丸くする。

「まずは、仁那が胸でもクリでもイけて、俺を受け入れることが辛くなくなればいいと思ってる」

別にキスだけでも、手や足だけでもイってくれて構わないよ、俺のテクニックはすごいから。

冗談ぽくそう付け足される。仁那は呆れたふりをして呟いた。

「……なんか、ものすごーくエッチな宣言をされた気がする」

でも、多分。

遠からず松代の言う通りになるんじゃないかな。と仁那は期待、否、予想している。

だって、自分と彼は相思相愛の恋人同士だから。

松代は真面目な表情で彼女を諭《さと》した。

「仁那、セックスはフィフティ・フィフティだ。男だけが楽しむのはセックスじゃない、単なるマスターベーションだ。女性を使った男の自慰行為に、仁那が体を貸してやる必要はない」

——この人は、なんでこんなに……

彼女は何度目かの感動を覚えていた。

「仁那っ？　痛かったか！」

仁那がふえ、と涙ぐんだので、松代は慌てたらしい。

彼女はふるふると頭を横に振りながら、涙の溜まった目で男を見上げる。

「わたし……っ、もう一生セックスできないだろうし、お嫁にも行けないと思ってた」

「他の野郎になんて、くれてやらない。仁那がこれからセックスするのは俺だけだ」

彼女を力いっぱい抱きしめながら、松代は荒々しい口調で言い切った。

それから立ち上がり、道着に手をかける。水を含んだ道着は重く脱ぎにくいだろうに、男は破かん勢いで脱ぎ去った。

「挿《い》れるときは全身で仁那を感じたい」

脱いだ道着を脱衣所に放る際に、ポケットから避妊具を取り出すのを忘れない。

松代がそうする間も、仁那はバスマットの上にしどけなく座ったまま、感じすぎて動けない。どこも隠しておらず、匂い立つような色香だった。

空を向いていた松代の分身がずくりと脈打ったように見えた。

「仁那、立てるか」

うなずいたものの、力が入らない。

松代はバスマットの上に、彼女を優しく押し倒した。

「辛かったら言えよ。……止めてやれないかもしれないけど」

性急に屹立《きつりつ》に避妊具をまとわせながら松代が言って、仁那はふふと笑う。

「それ、言う意味あるの」

「ある。絶対に痛くしないようにするから」

蜜にまみれ、ほころんでいる秘裂に先端を擦《こす》りつけながら松代は返事をした。

「……あん」

屹立《きつりつ》の先端がまろく、仁那の花唇を撫でる。痺《しび》れるような快感が体中に広がっていく。

「これが好きか」

聞かれて、仁那は腰を上げることで示した。

ぬるぬると、彼女自身の蜜をまとって、松代の分身が秘豆と蜜口を行ったり来たりする。

「つ、ま、つしろさんが……っ、くれるものは、……みんな好きぃ」

喘《あえ》ぎ声交じりで答えると、松代は顔を盛大にしかめた。

「……どぉしたの？」

「こっちが必死に我慢してるってのに……」

「好き。大好き、とっても好き」

男の反応が可愛くて、言い募《つの》る。

松代はむすっとした表情で、このやろ……と小さく呟いた。

仕返しとばかりに、男は己の分身で彼女の敏感なところを優しく、淫らに高めていく。

「ん……やあ」

仁那が達しそうになると、ソレを移動させて別の部位の快楽を目覚めさせる。

「あ、あ。まつ、しろさん……」

「いい声。名前を呼んでくれないのは寂しいが、もっと啼《な》いてろ」

先端で秘豆を撫でられた。

指の腹よりも大きなモノで、広い範囲を一度に愛撫され、快楽の点と点が繋がっていく。

それらは連なり線となって、さらに面となる。

紅珠がふくらんでいき、達しそうになると花唇の左側をなぞられた。

「ぁん」

思わず、残念そうな声が漏れてしまう。

「言ったろ、俺のを可愛がりたくなるようにさせてやると。仁那に最高のセックスを教えてやる」

もう既に快楽の最上に連れてこられているつもりだったのに、その先がまだあるのか。

「これ以上ヨくなったら、おかしくなっちゃう」

松代に向かってささやくと、おかしくさせたいんだよと乳首をかじりながら呟かれる。

淫裂の左側がじんじんしてきた。

しかし、『ここでイくのかな』と期待を募《つの》らせたタイミングで、先端は蜜口の周りを円《まる》く撫ではじめる。

「ぅン」

またも外されてしまい、仁那は体をよじった。

「まだだ」

——なんて、甘い拷問。終わりのない快楽が仁那を満たしていく。

体は限界だと思うのに、今まで感じたことのない『先』に連れていかれるのだ。

このまま戻ってこられなくなるのではないかという思いが生まれてくる。

「……怖い。まつしろさんなしでいられなくなる……！」

涙でかすむ目で男を見上げた。

松代の頬も紅潮していて、息が弾んでいる。オスの先端が秘処を押す力も強くなっている気がする。

それでも仁那が欲しがるまで待つつもりなのだ。気持ちがよすぎて、なにも考えられなくなる。

「いられなくなれよ。俺はとっくに仁那なしでは生きられない。……どうやってイキたい？」

「このままでいたい。だけど、果てにもイッてみたい」

蜜口に重い悦が溜まってきている。

ナカではなく、ソト。けれど、だいぶナカに近くなってきた。

蜜路がきゅうきゅうと締めつけている。

それなのに蜜口はしどけなくほどけていて、なにかを漏らしてしまいそうだった。

松代は眉をひそめながら彼女の決断を待っている。

蜜路《ここ》でイけたら、先に進める。

期待から仁那は腰を上げた。と、松代が花唇の右側を可愛がりはじめる。

「やぁ……っ、もう……！」

とうとう彼女は悲鳴をあげて抗議した。

「俺をねだる仁那が可愛い」

嬉しそうに言うと、松代が唇を求めてくる。

ふい、と仁那が顔を逸らすと、あごを掴んで戻された。

「意地悪するなよ」

愉悦に染まった声に、仁那は思わずきっと睨みつける。

「どっちが！　武臣さんって、ほんっとに意地悪！　いじめっ子！」

仁那が欲しいものをわかっているのに、くれない。彼女はごく自然に松代の名を呼んでいた。

「拗《す》ねてる仁那も可愛い。……君は俺をこんなに夢中にさせて、どうするの？」

幸せそうな表情になったのに、彼の目だけが怖いくらいに真剣だった。

仁那の体をざわりとしたものが通り過ぎていく。

蜜口も秘芽も、左右に開かれた花唇も、絶頂を待ちわびるようになった頃。

松代はようやく彼女の蜜口に浅く挿入した。

「あ」

入ったと思った瞬間出ていき、また蜜口の周りを円を描くように撫でる。

蜜口の周りがじくじくと快感を訴えてくると、また分身をごく浅く挿入される。

「ア、あ」

「イきたい？」

訊かれて、仁那はがくがくと頭を縦に振った。

「うん、あ、あ」

先端で蜜口を撫でられ、秘豆を指の腹で転がされ、仁那はようやく飛び立つことができた。

仁那の体がびくびくと何度も跳ねる。

松代は蜜口が弛緩する瞬間を狙って挿入した。刹那、仁那が硬直する。

「仁那っ、大丈夫か」

男の切迫した声に、うっとりしていた意識がはっきりした。不安そうな松代の顔が目に入る。

仁那は自分の体を確認した。

ほぐされた蜜路はすんなりと男の分身を飲み込んでいる。

強烈な圧迫感はあるが、痛くない。むしろ、痛痒《つうよう》感が強くなり、じんじんしていたところに硬くて熱い棒を抱きしめると、焦れったさが収まった。

ナカがじゅんと潤んで柔らかくなっていく。その感覚は。

「気持ち、イイ、かも……」

初めて気づいた、というような呟きだった。

ふう、と力が抜けて、体が緩んだ。体の中央から蜜路へ、そして最奥にも悦が伝わる。

「……っ」

ぶる、と震えた松代を感じて、仁那はいつの間にか閉じかけていた目を開けた。

「……痛かった？」

心配そうに問うと、恋人がなんとかといった風に答える。

「仁那のナカがあんまり気持ちよくて、イキそうになった」

彼女が真っ赤になると、ナカも連動して松代の分身を煽《あお》るように絞り上げる。

「悪いっ、動く……！」

呻《うめ》くように呟いて、松代が抽送を開始した。

ずん、と重い一撃が最奥から体の表面にまで響いた。

松代はしばらく最奥で、穿《うが》っては少し引くことを繰り返す。

やがて、分身が蜜口近くまで後じさる。

蜜路の襞に、緩やかに引く波が地面を引っかくような余韻を残していく。

「あンぅ」

目の前がちかちかと光って、足の爪先まで力が入った。

「ハ、よすぎ……っ」

松代の声と汗が仁那の肌の上に滴り落ちてきたので、彼女の体が反応した。

「ク、締めるな！」

耐えかねたように、松代が彼女の腰を掴んで激しく動きはじめる。

「あ、ア……！」

体が溶けてしまったようにぐにゃぐにゃになり、仁那自身にも制御できない。

なのに、ナカは『彼』をしっかりと咥《くわ》え込んでいる。

淫襞を擦《こす》り上げては快楽を与えてくれる分身を嬉しそうに抱きしめ、引いていくのを惜しむように縋《すが》りつく。

仁那は重なり合う肌が嬉しくて、松代の太い首に手を、引き締まった腰に脚を回した。

すると抽送がもっと加速する。

胸を松代の胸に押しつければ、手がもぐり込んできて乳首を摘まれた。

「あぁ……」

欲しかった快感に、仁那がうっとりと息をこぼすと、さらにそこを可愛がられる。

乳首から生まれた快楽が蜜路に伝わって、ナカがきゅうきゅうと松代の分身を絞る。

愛おしくて、彼の髪を耳にかけてやれば、松代が仁那の唇を吸いに来る。

そのまま二人は、砂漠で渇ききった旅人のように、お互いの唾液を奪い合った。

……こんなセックスを、世の女性達は体験していたのか。

仁那は感動していた。

手を繋ぎたいと求めれば指を絡めて握り締めてくれる。

熱を欲すれば、与えてもらえる。

奪い合って、与え合って。

松代の背中に爪を立てればナカの分身が増大し、脚で彼の腰を撫でれば抽送が激しくなる。

自分の仕草にいちいち反応してくれる松代が愛おしくて仕方ない。

仁那が喉をのけぞらせる。

『上手に感じられている』と褒めてくれるみたいに、首筋に舌を這わされる。

『もっと』と体をくねらせれば、歯を軽く立てられた。

もらった刺激を快楽に換えて、蜜路のうねり具合や、反応で松代に教える。

すると、彼が征服感と達成感を得ているのが、なぜかわかる。

仁那は松代と体を通じたコミュニケーションができていることに、深い満足感を覚えた。

——感じてるって、気持ちイイって、こんな風に伝わるんだ。この人となら……大丈夫。

そんな彼女の気持ちが、最後の鍵を開けた。

「あ、ク。仁那のナカ、気持ちイイ……」

松代の熱を孕《はら》んだ声が落ちてきた。

苦痛なのかと思うほどに、眉をひそめている。

自分の体で感じている松代にもっと気持ちよくなってほしくて、仁那は腰を動かしてみた。

途端、なにか衝撃があったように松代が背中をそらして身を震わせる。

「……っ、なんで、こっちが必死に長引かせようと耐えてるのに、煽《あお》るかな……ッ」

忌々《いまいま》しげに言うと、松代は体を起こした。

分身が抜けきる前に仁那の腰を掴まえて、彼女の両脚を自分の肩の上に乗せる。

「あ、深ぃ」

悲鳴じみた嬌声が漏れた。

息が詰まるような圧迫感が内臓を押し上げる。

つい痛みがあるかを探ってしまうが、気持ちよさを失ってはいなかった。

気遣いの声に、なんとかうなずく。

「大丈夫か……っ」

松代にぐ、と腰を押し進められた瞬間、仁那は達した。

びくびくと彼女の体が震える中、松代は射精感をやり過ごす。屹立《きつりつ》を打ち込むと、繋ぎ合ったところから蜜が飛び散った。

「…………！」

声にならない嬌声。仁那ははくはくと口を動かし、酸素を取り込もうとするが上手くいかない。

松代の律動に合わせて揺れる仁那の乳房が、男の目を釘づけにしていた。

「っ、仁那も、気持ちよくさせてあげるからっ、許してくれ……ッ！」

切れ切れに呟いて、松代は片方の手で花芽を撫でる。

もう片方の手を乳首に伸ばそうとしたとき、仁那の体の奥でコリッとしたモノに松代の先端が当たったことを、二人は同時に知覚した。

他の男が知らない仁那の最深部を、松代だけが味わう。

「わかるか。奥まで入ってる」

松代が仁那の腹を撫でた。

「う、ぅん……っ」

「仁那は全部俺のものだ」

誇らしげな声に、彼女は松代を見つめる。

「わたし。松代さんに全部あげられたんだ」

「俺も君のものだから、おあいこかな」

松代も微笑みかけてくれた。

仁那は松代の言葉の意味を理解すると、華のような笑みを浮かべた。

両手を広げて松代を迎え入れる。

「きて」

「ああ」

松代の応《いら》えは短かった。

肉が肉を打つ音。骨と骨が押し合う感触。湧き出る蜜と、飛び散る汗。

強く、深く。浅く、弱く。淫らに、ひたむきに。強弱をつけて穿《うが》ち、こねられる。

松代の分身が仁那のナカに押し入り引き戻る。

仁那には、松代が自分という泉から歓《よろこ》びを汲み上げているように思えた。

……彼女から湧き出た快楽という美味しい水を、二人で分かち合い味わっている。

それは松代が彼女の中から見つけてくれたものだ。

仁那の乳首も淫芽も蜜口も、どこもかしこも気持ちいい。

ナカでも不思議な感覚が生まれている。

「あ。ア。ぁっ」

「仁那、なにも考えなくていい。俺に、委《ゆだ》ねて……っ」

彼女はこくりとうなずき。

ナカがどんどん重い悦を作り出し、溜めて、そして——

絶頂に向かっている体の最奥で、松代の分身が与えてくれた快感が頂点に達した。

仁那の目は見開いているのに、なにも映していない。

悪寒にも似た快感が蜜路から体中に伝わる。息ができない。次いで、隘路《あいろ》の収縮が来た。収斂《しゅうれん》するたび、ぞわりと肌まで伝わる快楽が生まれる。

「あ、ぁぁぁ……」

悲鳴のような声が細く長く、体の奥から紡《つむ》がれる。

打ち上げられた魚のように跳ねる体と、松代の分身を食いしめる蜜路が別の生き物のようだった。

「イくよ」

松代が自分の快楽に専念する。

蜜路がさらに強く擦《こす》られ、松代の腹がうねった。

松代が腰を彼女に押しつけたとき、ドクリと中で爆《は》ぜる感覚があった。

被膜越しにもわかる熱い奔流《ほんりゅう》が、最奥に放たれたのを感じて、仁那はまた達した。

「ふ、ぁぁぁん。あ。は、ア……！」

どくんどくんと脈打つ松代の分身に釣られて、彼女のナカも収縮を繰り返す。

松代の手を求めて手を泳がせると、しっかりと指を絡めて握り締めてくれた。

そうしてナカの動きが収まるまで抱き合う。

お互いの心臓の拍動と呼吸が穏やかになったとき、松代が静かに自身を抜いた。

「ふあ……っ」

その動きにすら、仁那は感じてしまう。

彼は外した避妊具の口をしっかり縛ると仁那を抱きかかえ、空の浴槽に入った。シャワーノズルを引っ張り、彼女のどろどろになった秘処に湯を当ててくれる。

水飛沫《みずしぶき》が秘豆や蜜口を刺激して、仁那はビクビクと跳ねてしまう。

その動きに、彼女を抱きかかえてくれている松代が息を呑んだのを感じた。

男は無言のまま、汗だくになった仁那の全身にゆっくりとシャワーをかけてくれた。

乳首に水圧がかかるたび、彼女は切なくなってしまった。

驚異的な自制心で彼女を清め終え、松代が浴槽に湯を張りはじめる。仁那を後ろから抱えた。

「まつ、……たけ、おみさん」

振り返った仁那は松代の表情があまりに張り詰めているので、恋人に呼びかける。

「なに？」

「怒ってる？」

「ないよ」

彼が否定してくれているのに。

不安そうな顔をしているのだろうか、松代が彼女の頬に手を添えて微笑みかけてくれた。

「……ああ。強いて言うなら、『仁那が色っぽすぎてもう一回抱きたいけれど、ここは我慢だ』って自分に言い聞かせてただけ」

その通りなのだろう、ヒップに硬いモノが当たっている。

「我慢しなくていいのに」

呟きながら、安心した仁那は具合よく恋人の体に収まるべく体を動かした。

ついでにヒップを揺すってみる。

「ヲイ」

頭の上で怖い声が聞こえた。

さっきまでの上機嫌はどこへやら、松代が不機嫌な顔をしている。

仁那は不思議に思ってから、あ、と口を塞いだ。

「わたし、口に出ちゃってました？」

上目遣いに見れば、脅された。

「そんなことを言うと、風呂から出た後、三回は抱くからな？」

「え、待って、無理……」

「だから、誘惑しないの」

め、と言うように唇をついばまれる。

離れていく唇が寂しくて、仁那から松代の唇を求める。

数回繰り返せば、互いの口腔内《こうこうない》を味わうため舌を送り合うのに、遠慮がなくなった。

仁那は上半身を捻《ひね》って松代の頭を抱え込み、彼は彼女の胸や腰を淫らに探りはじめる。

「ハ、仁那。責任は取れよ？」

欲に濡れた顔で言われて、彼女は返事の代わりに松代の下半身に手を伸ばしたのだった。

終章　墨痕《ぼっこん》鮮やかなる愛の軌跡《きせき》

……長らくこもっていた浴室をようやく出た二人は、一枚のバスタオルにくるまって教室で庭を眺めていた。

二人が出会った頃より、月は姿を変え、咲いていた山桜は散った。

今はソメイヨシノが満開で、八重桜が少しずつほころんでいる。

松代はあらためて、海外から帰ってきたいきさつを仁那に話してくれた。

「ウチの店では当主が新年に製品名を毛筆で書いたものを、各店舗で品書きとして張り出すんだ」

松代の家業を知り、仁那は目を丸くする。

「『食べる芸術品』って評判の！　デパ地下で、いっつも行列ができてる和菓子屋さん！　……あそこを、武臣さんのお家が経営してるんですか？」

松葉色の包装紙に、松葉が白く染め抜かれた意匠《いしょう》。

仁那は『まつしろ』と小さく印刷された屋号を、今まで気に留めていなかった。

「クロから聞いてない？」

悪戯《いたずら》っぽく訊ねる松代に、彼女はふるふると頭を横に振った。

「和登からはなにも。武臣さんのことは『最高のダチ』としか」

「あいつ」

松代が穏やかな笑みを浮かべる。

「あ、でも。和登が学校帰り、たまに『まつしろ』の和菓子を買ってきてくれたんです。甘いもの好きじゃないのに珍しいな、って思ってました。すっごい綺麗で美味しくて、大好きになって自分でも買うようになりました」

『まつしろ』の菓子は高級なので、なにかの記念日に土産に買うくらいだったが。

「……そういえば、お店に毛筆でしたためられているお品書きがありました。……あ」

思いついた、という表情の彼女に、松代がうなずく。

「だから習いに来たんだ。……クロの妹がやってる教室とは思わなかったけど」

「本当に知らなかったんですか？　そんな偶然あるんですね」

「多分、運命だったんだろうな」

さらりと述べた松代に、仁那は顔を赤くした。

うろうろと目を泳がせ、文机の上になにかを見つけた。

男の腕の中から抜け出して、文机からそのなにかを取り上げる。

――なんだろう？　のそのそと四つん這いで濡れ縁近くに移動し、月明かりにかざしてみた。

「仁那？」

彼女は持っていたものを、ひらひらと振った。

「これ、武臣さんが書いたんですか？」

ペンでメモ帳に書いたもの。

「それは……っ」

松代が慌てて立ち上がり、仁那のもとに寄ったが。

彼女が既にしっかりと見てしまったことに気づくと、諦めたように告白した。

「……俺が書いた字。すごいだろ、字に見えないよな」

松代がポツリと呟く。

「俺に夢中だったり尊敬してくれても、手書きの文字を見た途端、女性達は冷めた表情になったし、男達はバカにした顔になった」

「ふうん？　そうなんですか」

仁那はメモ用紙をじっと見つめていた。……見入っている時間があまりに長かったらしい。息を詰めていた松代が身じろぎをしたので、ようやく気づいた。

仁那は紙を松代に返すと質問してみた。

「武臣さんって速記ができるんですか？」

「え？」

「名書家ごっこのときも思いましたけど、武臣さん、書くスピードが速いですよね。このメモを見る限りでは、字が汚いというより、脳の処理速度に追いつこうとするあまりの崩し字に近い気がします」

「……そんなこと、一度も言われたことない」

松代は震える声で呟いた。今までかけられた言葉で一番マシだったもので、かつての恋人の『宇宙人のメッセージを研究する科学者になろうかな』だった。

「武臣さんはきっと、考えを早く形にしたくて仕方ないんですよ。息を吐いて、ゆっくりと落ち着いて。字を書くこと自体が『静心』だと思えば、普通の字が書けるんじゃないでしょうか」

「……俺、本当の意味で肯定されたのは人生で初めてかもしれない」

松代の声が歓喜で震え、感動の面持ちで仁那を抱きしめた。

ぽんぽんと彼の背中を叩く。

「仁那は俺の女神だ……。誰も直すことのできなかった俺の悪筆に、希望を見出してくれた」

仁那は照れくさくなって微笑む。

「だと、嬉しいです」

松代は愛おしそうに彼女の頭に頬をすり寄せた。

「あともう一つ。当主に就いてる間に最低一つでも新しい菓子を作る、ってのも伝統になっててね。そっちは目星がついてるんだ」

「どんな？　っと、すみません。企業秘密ですよね、聞いちゃいけないですね」

興味津々な顔つきから一変してすまなそうな表情になった仁那に、松代は微笑んだ。

「仁那には聞いてほしい」

書を習いに来たからこそ、松代は思いついたのだ。

「『とめ』『はね』『はらい』をモチーフにして三個セットにするんだ」

ミルク寒天と黒っぽい餡《あん》の二層仕立てを琥珀糖《こはくとう》か葛《くず》でくるむのだという。

「ミルク寒天に『とめ』とか『はらい』の形をくり抜いておいて、下から黒ごまとか小豆《あずき》、あとコーヒーとかの餡《あん》が透けて見えるイメージ」

「コーヒー」

「仁那が美味そうに飲んでたのを見て思いついた」

授業の合間に飲むものは、日によって緑茶であったりノンアルコール飲料だったりするが。

松代が作る朝食は各国のモーニング。

彼の付け合わせは紅茶だが、仁那は珈琲をいつも飲んでいた。

「美味しそう。……プラス、五個セットとかどうですか？」

「ん？」

「はらいは三種類ありますし」

「……あ。『縦はらい』と『左はらい』、『右はらい』か」

松代が目を輝かせた。三個入りと五個入りの二種類あれば、売りやすい。

「コーヒーとチョコレートとスキムミルク餡《あん》にして、『カフェモカ』ヴァージョンとか」

「面白いな！」

「金粉入りとか」

「……金粉入りはコストが高くなるな……」

ふーんむ、と仁那も思案する。

「葛《くず》と琥珀糖《こはくとう》なら半透明だから、中の餡《あん》が透けて見えますよね。しそとか、うぐいす豆とか、紅芋？」

「五色揃えとかいいな……。十代二十代の女性にも受けが良さそうだ。仁那、君は最高だ！」

ぶつぶつ呟いたのち、松代はがばりと仁那を抱きしめた。彼女の耳を食《は》みながらささやく。

「ただ名前が、いいのが思いつかなくて」

『残雪』だと季節を選ぶし、『書道』は直接すぎるし……と呟く男に、仁那はとある言葉を思いついた。

「『墨痕《ぼっこん》鮮やかなる軌跡《きせき》』ってどうでしょう。……長いけど」

松代がぱっと顔を輝かせた。

「俺と仁那の愛の軌跡《きせき》だな。よし、もうちょっと長くしよう。『墨痕《ぼっこん》鮮やかなる愛の軌跡《きせき》』がいい」

松代の言葉に、仁那の顔が紅に染まる。

確かに書は二人の、出会ってから今に至るまでの軌跡《きせき》なのだけれど。

「……ウルトラスーパーＭＡＸ気障《きざ》……」

恥ずかしいのと照れくさいのとで、つい言ってしまう。

しかし、男は意に介した風もなく、むしろ乗り気のようだった。

「手始めに、俺達の結婚式の引き出物に出すか」

「ええっ！」

仁那はつい素《す》っ頓狂《とんきょう》な声をあげる。

「なんだよ。君は俺をこんなに惚れさせておいて、結婚しないつもりか？」

松代が口を尖《とが》らせた。

「……さっきもそれらしいことを言われた気はしますけど……。なんで、いきなり？」

仁那は混乱してしまい、おそるおそる訊き返す。だが松代は真剣だった。

「いきなりじゃない。最初の日、ホテルに行った後からは、君を堕《お》とすことしか考えていなかった。

俺は、仁那のことを生涯のパートナーだと思っている。……君は？」

松代は頬を染めて彼女の言葉を待っている。

――この人は本気だ。

自分のことを真剣に好いてくれているんだ。そう思うと幸せで、仁那の体中がほかほかしてくる。

しかし。

「……でも……わたし達知り合って、まだ二週間も経ってませんよ！」

口を開くと反論してしまう自分はまったくもって可愛くない。

告白はもちろん嬉しい。けれど、心がついていかない。

「もちろん、君を正式に披露するのは、俺が当主兼ＣＥＯになってからだけど」

――なのに、がっかりしちゃうなんて。

仁那はしゅんとしてしまった。自分こそ、ウルトラ期待していたではないか。

「長くは待たせない。遅くとも一年後には、仁那が俺の伴侶であることと、新製品を発表する」

松代はきっぱりと言い切った。

……実現するためのプランも周囲を攻略する方法も、既に脳内に描いているのだろう。

自信満々な態度に、仁那は圧倒されてしまう。

松代が彼女の目を覗き込んできた。

「異論は認めない。……いやか？」

強引なくせに、最後には彼女の気持ちを訊ねてくれる松代が好きだ。

仁那は頭を横に振った。

「いやじゃないです」

その返事に、松代はほっとしたような表情になった。

「よかった」

……松代の手がそろそろと彼女の胸に伸びたとき、仁那はふと訊ねる。

「花押《かおう》はどうしましょう」

「え？　……ああ」

松代は夢から醒《さ》めたように呟いた。

「君の名前からもらおうと思っている」

「わたしの名前を？」

仁那の胸が高鳴る。

花押《かおう》は大抵、己の名前の一文字から考案する。他人の名前から考えるなど、滅多にない。

彼女には、これ以上の愛の告白は想像できない。しかし、問題があった。

「……一度定めたら変えてはいけないってルールはありませんけど。他人の名前を使うのは一般的ではないです」

「仁那は大事な女《ひと》だ。一生、変えるつもりはない」

男の言葉にいちいち反応してしまうのは、自分の経験値が低いからだ。

仁那は舞い上がりそうな自分を必死になだめる。

「協会に登録しちゃうんですよ？」

恋愛についてネガティブな彼女は、万が一、別れた後のことを考えている。

戸籍と一緒で、変えたらわかってしまうのだ。

「俺の戸籍には、いずれ仁那の名前が登録される。同じことだろ」

当たり前のように言い切られてしまう。

トマトのようになった彼女に、松代がキスしながら謝った。

「……ごめん、俺の籍に入ってもらうことを前提で言ってしまった。別姓がいい？　それとも俺が仁那の籍に入ったほうがいいのかな」

慌てた様子の松代に、照れながら仁那は呟いた。

「ウチは和登が継ぐので……。それに武臣さん、家業を継がれるんだったら名字はそのままのほうがいいですよね？」

「ん。でも、仁那の気持ちが大事だから」

しがらみが多いだろうに、自分のことを考えてくれる姿勢が嬉しい。

……この人となら、結婚を夢見ていいのかな。

小さな希望を見出した仁那は、とても小さな声で自分の名前について教えた。

「…………『仁』には『慈しむ』という意味や、『思いやり』という意味もあります」

「仁那にぴったりだ」

愛おしそうにささやいて、頬にキスされる。

……幸せのあまりさっきから頭に血が上りすぎて、我ながら脳出血が心配になってくる。

「過大評価です」

ぼそぼそと反論したが、松代はまったく意に介していない。

「君こそ自分を過小評価している。それに仁那を称賛できるのは、恋人である俺の特権だろう？」

甘くささやかれて、仁那は失神しそうになった。

「た、武臣さんって愛情表現がどストレート！　どこのイタリア人ですか！」

「俺自身はお堅いゲルマン民族系だと思ってるんだけど。で、『那』は？」

「……『那』は多い、美しいという意味があります。武臣さんの家業を考えたら、こちらのほうがいいのでは」

「確かに、君には美点が多い。ご両親は素晴らしい名前をつけてくださったよね」

――恥ずかしい。でも、嬉しい。

「仁那、俺の体に書いてみてよ」

松代がにっこりと微笑み、己の体を指し示した。

「え？　……なんでわたしが？」

毎回、松代は彼女の発想の斜め上をいく。

「『仁』も『那』も、両方。いいほうに決めるから」

男がとっても悪い顔になってきた。

仁那は松代の『筆さばき』に散々喘《あえ》がされた身である。

今度は逆のプレイを楽しもうという魂胆《こんたん》なのだろうと、さすがにぴんときた。

「これ以上、無理だから！」

既に声はかれているし、筋肉痛の予感もある。明日も小学生の授業があるのだ。

「ん？　なにが？」

艶《あで》やかな笑顔こそ危険信号だと、仁那は学びつつある。

「書きにくいです」

仁那はきっぱりと拒絶してみたが、松代も引かない。

「『弘法肌を選ばず』って言うだろ」

「間違ってます！」

……正直言って、毛筆で他人に落書きするのは楽しい。

子供の頃、生徒同士で墨をつけ合っては祖母に雷を落とされたものだ。

大人になっても楽しいのだが、墨が肌の肌理《きめ》に入り込んでしまい、なかなか落ちにくい。

そういうことを知って理性が勝ってくると、そうそうできる遊びではない。

……しかし――今日はいいかな。

誘惑に負けて、仁那は了承した。

「人の体に墨書するのって、子供の頃以来だなあ」

あらためてすった墨をつけて書いてみると、意外と難しい。

紙より当然起伏があるし、墨をもっとつけたほうが滑りがいいように思う。

「ん……っ」

夢中になりはじめた彼女は、松代の様子に気づかない。

「『仁』だと単純すぎるかな。やっぱり『那』のほうが。『武』と『臣』でも、試してみようっと」

「ハ……」

吐き出された息の熱さに意識を戻すと、松代の顔がうっすらと赤く染まり、息を弾んでいる。

性的プレイだという意識が飛んでしまっていた彼女は慌てた。

「ご、ごめんなさい。やりすぎましたね」

「いや。仁那が善《よ》がってた感覚を体得できてよかったよ。……これは癖になるね？　もっと高みにイかせたくなった」

松代の目があやしい色をたたえたので、慌てて遮る。

「ちょ、ちょっと待って！」

「待たない。さっき浴室で、我慢しなくていいって許可をもらったことだし」

「それは言葉の綾と言いますか！」

「却下。ようやく惚れた女を抱けたんだ。我慢できない」

「わたしだって、武臣さんの却下を却下します！　……って、え？　最初に会った日に抱かれたんではは」


仁那はきょとんとした。

確か、ソレ前提で出会ってからの日々を過ごしてきたような？

「ベッドに押し倒したら、君はおねむ。相手が寝ているのに、ご馳走になれないだろう」

しかし、松代はぬけぬけとそう言った。

「ご、ごち……！　じゃあ、あのキスマークは？」

「お預けを食らった、『預かり証』かな」

「わ、わたしが勘違いしているのをわかってて、わざと訂正しませんでしたね！」

歯軋《はぎし》りする仁那の肩に松代の手が添えられる。

さわさわといやらしく動くその手に、理性があっけなく陥落しそうになる。

松代は相変わらず艶《つや》のある笑みを浮かべている。

「さ、お喋りはおしまい。明日も仕事があるからね、早く寝ないと」

「じゃあ素直に寝ましょうよ！」

「やだ」

「なら、お仕事の話を」

力の入らない体はあっけなく男の下に巻き込まれた。

仁那は無駄な説得を試みる。

「ねえ、武臣さん。聞いてくださいい、わたしは花押《かおう》の見本をですね！　……ぁんっ」

二人だけの書道教室はいつ果てるとも知れず、夜が更けていく。

～大人のための恋愛小説レーベル～

エタニティブックス ETERNITY

ETERNITY エタニティブックス Rouge

お見合い相手は溺愛ド執着系⁉
破談前提、身代わり花嫁は堅物御曹司の猛愛に蕩かされる

エタニティブックス・赤

加地《かじ》アヤメ

装丁イラスト／沖田ちゃとら

長年、天然の姉の尻拭いをしてきた和菓子店勤務の優季《ゆうき》。そんなある日、取引先の御曹司とのお見合い直前に、姉の妊娠が発覚！困った時の妹頼みとばかりに泣きつかれ、やむなく代わりにお見合いすることに。相手の御曹司・智暁《ちあき》へは、はっきりお断りすると告げたはずが、なぜか予想外の猛アプローチに翻弄されることに⁉ マイナスから始める、王道♥玉の輿ラブ！

※エタニティブックスは大人の女性のための恋愛小説レーベルです。ロゴマークの色で性描写の有無を判断することができます（赤・一定以上の性描写あり、ロゼ・性描写あり、白・性描写なし）。

詳しくは公式サイトにてご確認ください。
https://eternity.alphapolis.co.jp/

恋愛小説「エタニティブックス」の人気作を漫画化！

冷徹秘書は生贄の恋人を溺愛《できあい》する

漫画◉ Carawey
原作◉ 砂原雑音

大企業に勤める佳純《かすみ》は自己中な先輩女性に振り回される毎日。そんな中、またもや先輩がやらかした！　なんと先輩の玉の輿本命である若社長に近づくため、邪魔者である冷徹秘書・黒木《くろき》に媚薬を飲ませたと言う。さらに佳純は、黒木の夜の相手をして足止めするようにと、とんでもないことを命じられた。しかも、その目論見に気づいた黒木からとびきり甘く身も心も乱されてしまい……

B6判　定価：704円（10%税込）
ISBN 978-4-434-32809-1

この作品に対する皆様のご意見・ご感想をお待ちしております。

おハガキ・お手紙は以下の宛先にお送りください。

【宛先】

〒150-6008 東京都渋谷区恵比寿 4-20-3 恵比寿ｶﾞｰﾃﾞﾝﾌﾟﾚｲｽﾀﾜｰ 8F
（株）アルファポリス　書籍感想係

メールフォームでのご意見・ご感想は右のＱＲコードから、
あるいは以下のワードで検索をかけてください。

アルファポリス　書籍の感想　検索

ご感想はこちらから

本書は、「アルファポリス」（https://www.alphapolis.co.jp/）に掲載されていたものを、
改題、改稿のうえ、書籍化したものです。

書道教師《しょどうきょうし》はクールな御曹司《おんぞうし》に甘《あま》く手《て》ほどきされました

水田歩（みずた あゆむ）

2023年 10月 31日初版発行

編集－堀内杏都
編集長－倉持真理
発行者－梶本雄介
発行所－株式会社アルファポリス
〒150-6008 東京都渋谷区恵比寿4-20-3 恵比寿ｶﾞｰﾃﾞﾝﾌﾟﾚｲｽﾀﾜｰ8F
TEL 03-6277-1601（営業） 03-6277-1602（編集）
URL https://www.alphapolis.co.jp/
発売元－株式会社星雲社（共同出版社・流通責任出版社）
〒112-0005 東京都文京区水道1-3-30
TEL 03-3868-3275
装丁イラスト－カトーナオ
装丁デザイン－AFTERGLOW
（レーベルフォーマットデザイン―ansyyqdesign）
印刷－中央精版印刷株式会社

価格はカバーに表示されてあります。

落丁乱丁の場合はアルファポリスまでご連絡ください。

送料は小社負担でお取り替えします。


ISBN978-4-434-32797-1 C0093